아마도 사랑은 블랙

아마도 사랑은 블랙
바람이 지나간 자리마다 꽃은 피어나고

초판 1쇄 발행 2021년 12월 27일
초판 2쇄 발행 2022년 2월 25일

지은이 이광희
펴낸이 정해종
디자인 유혜현

펴낸곳 ㈜파람북
출판등록 2018년 4월 30일 제2018-000126호
주소 서울특별시 마포구 토정로 222 한국출판콘텐츠센터 303호
전자우편 info@parambook.co.kr **인스타그램** @param.book
페이스북 www.facebook.com/parambook/ **네이버 포스트** m.post.naver.com/parambook
대표전화 (편집) 02-2038-2633 (마케팅) 070-4353-0561

ISBN 979-11-90052-88-7 03810
책값은 뒤표지에 있습니다.

바람이 지나간 자리마다
꽃은 피어나고

아마도
사랑은
블랙

이광희 지음

파람북

추천의 글

일찍이 함석헌 선생이 '존경하는 여성'이라 했던 김수덕 여사는 인간애를 몸소 실천해 온 이 시대의 귀감이었습니다. 삶의 뿌리이고 등불이었던 어머니 김수덕 여사에게 띄우는 저자의 편지가 마음에 벅찬 울림을 전합니다.

단지 그리움의 소환이 아니라 현재의 삶에 대해 시도하는 영적 대화가 책의 가치를 한껏 드높입니다. 존경이 사라지고 소통이 차단당하는 시대에 이 또한 귀감이 아닐 수 없습니다.

책은 말합니다. 당신과 가장 가까운 주변을 돌아보고 먼저 말을 걸어 보라고, 그리고 무엇보다 자신을 사랑하라고.

_ **이어령** | 이화여대 명예석좌교수

표정이 마음을 닮는 것처럼, 한 권에 담긴 글은 그 사람의 생각을 고스란히 드러냅니다. 디자이너 이광희의 글은 꾸밈도 장식도 없습니다. 담백합니다. 그 담백함 안에 담긴 삶에 대한 통찰이 참 좋습니다. 오랫동안 알아 온 이광희가 곁에서 제 마음속 이야기를 들려주는 것 같습니다. 기쁘고 슬펐던 소중한 이야기들이 읽고 있는 내 마음속에 소복이 쌓입니다.

_ **김혜자** | 배우

아름다운 옷을 만드는 패션디자이너로서, 아프리카의 톤즈에서 '마마리'로 불리우는 희망고 재단의 어머니로서 저자가 들려주는 이야기들은 모두 자신의 체험을 토대로 들려주는 진솔한 삶의 이야기입니다.

평소의 삶 속에 녹아있는 어머니의 소중한 가르침과 어록들을 되새기며 솔직하게 써 내려간 딸의 일기이며, 기도가 담긴 러브레터는 꾸미지 않은 담백함과 수수한 매력이 돋보입니다.

특유의 사랑스러움과 동시에 중성적인 무뚝뚝함과 쿨한 인생관도 엿볼 수 있는 이 책을 통해 우리는 평범한 삶의 지혜를 함께 배우고 공유하는 기쁨으로 행복해집니다. 작가의 어머니가 일러주신 대로 '혼을 박아' 일한다는 게 무엇인지, '사람이 사람 마음을 먹고 산다'는 게 무슨 뜻인지를 다시 한번 알아듣게 됩니다.

_ **이해인** | 수녀, 시인

58세인 제가 유일하게 '언니'로 모시는 사람이 바로 이광희 선생님입니다. 띠동갑인 용띠 언니 이광희를 보면서 저도 일흔이 되면 저렇게 살아야지 다짐합니다. 남들은 다들 은퇴하는 나이에 희망고에서 사람을 살리는 멋진 일들을 해내고, 갑자기 철학을 공부하겠다며 대학원에 가고, 새로운 일을 구상하는 지치지 않는 열정. 항상 소녀 같은 미소 속에 담긴, 오랜 시간 불구덩이 속에 단련된 어마무시한 내공과 인간에 대한 깊은 애정.

이광희 선생님의 인격과 삶은 오랜 시간 장인이 정교하게 세공한 작품과도 같다는 생각을 하게 됩니다. 이 책에 담긴 이광희 선생님과 그런 선생님을 만든 정신적 지주인 김수덕 여사님의 소박하지만 아름다운 생각의 보석들을 만나보시기 바랍니다.

_ **김미경** | MKYU대표

어느 날 선생님께서 소녀같이 환한 미소로 저에게 강아지풀을 곱게 병에 담아 주셨습니다. 길가에 잡초처럼 피어난 풀에서도 아름다움을 발견해 내는 분이라니!

책에는 강아지풀처럼 이윽하고 수굿한 감성이 깊게 배어 있습니다. 그러나 조금의 과장과 과시도 허용하지 않는 그 조곤조곤한 이야기들이 읽는 이의 가슴에 오래 파문으로 남습니다. 저는 그것을 일상에 대한 관조와 구체적 삶에서 길어 올린 성찰의 힘이라 믿습니다.

오래전 톨스토이는 '사람은 무엇으로 사는가'라는 심오한 질문을 던졌고, 답은 바로 '사랑'이라 말했습니다. 우리는 저마다 누군가의 사랑을 받고 자랐죠. 그리고 사랑을 주며 살아갑니다. 나를 사랑해주었던 사람을 다시 만나고 싶다면 이 책을 읽어보시길 바랍니다.

_ **김봉진** | 배달의민족 창업자, (주)우아한형제들 의장

내게 날개가 있다는 사실을 잊지 말아야겠어요.

어떤 상황에서도 다시 날 수 있는 날개가 있음을 기억하고,

세찬 바람을 가르며 나는 연습을 게을리하지 않아야겠어요.

내 생의 근원이자 중심

그 누구의 삶이든 다 나름의 곡절이 있기 마련이지만, 목사의 사모였던 저의 어머니는 사뭇 각별한 삶을 사셨습니다.

전쟁 후 수많은 고아를 돌보셨던 부모님은, 고아들에게 공평한 사랑을 베풀기 위해 당신 자식들은 큰아버지 댁에 보내 키웠습니다. 그래서 저희 모녀는 다른 모녀들처럼 매일 얼굴을 마주하고 지내질 못했습니다. 하지만, 저에게 어머니란 존재는 늘 든든한 삶의 뿌리였습니다. 제 인생길에서 순탄치만은 않은 일들을 겪을 때마다 길을 잃지 않도록 이정표가 되어주었고, 어떤 일을 생각하거나 결정할 때 항상 해답을 주셨습니다.

'참'이라는 화두를 가지고 인간으로서 해야 할 일과 하지 말아야 할 일에 대해 꾸준히 씨름하셨던 분, 영혼을 꽃처럼 아름답게 가꾸는 '꽃사람'이 되고 싶다고 말씀하셨던 어머니. 어머니는 인간으로서 무엇을 해야 하고 무엇을 하지 말아야 하는지 분별하며 끝까지 투쟁하시면서 올바른 삶을 안내해주는 길잡이셨어요. 그리고 무엇보다 그것을 어떻게 행동으로 실천하고 실현해 나가야 하는지 몸소 보여주셨죠.

헤시오도스가 한 말이 생각납니다.
"가장 훌륭한 사람은 스스로 깨닫는 사람이며, 좋은 조언을 따르는 사람 역시 훌륭한 사람이다. 그러나 스스로 깨닫지 못하고 남의 말을 듣고서도 그것을 마음에 받아들이지 못하는 사람은 쓸모없는 사람이다."
저는 어머니의 말씀을 귓전으로 흘려듣고 살았으니 참 쓸모없는 사람입니다. 살아보니 어머니가 남기신 말씀들, 무심코 흘려버렸던 어머니의 생각이 모두 흔히 접할 수 있는 것들이 아니었습니다. 삶의 체험과 깊은 성찰로부터 나온 귀한 말씀들이었음에도 그 의미를 전혀 모르고 살다가 이제야 조금씩 깨달아가는 것 같습니다.

어머니는 그토록 가시고 싶어 했던 하늘나라로 떠나시고 저 혼자 남아 있으니 이제야 그 말씀이 소중했다는 걸 깨닫고 안타까워하고 있습니다. 어머니가 남기신 짧지만 깊은 의미가 담긴 말씀들과 그 뜻을 조금이라도 더 이해하고 실천하며 살고 싶은 마음이 제일 간절하답니다. 그래서 문득 어머니가 살아계셨다면 나누고 싶었던 얘기들을 독백처럼 편지로 써서 하늘나라로 띄워 보내고 싶어졌습니다.

저는 말주변도 없고 더구나 평생 글을 써본 적도 없습니다. 편지라는 형식으로 제 넋두리가 될 수도 있는 글이고 한 편씩 두 편씩 써 내려가다 보니 뭉치가 되었지만, 너무도 부끄러워 가족 말고는 보여주질 못했습니다. 하지만, 가족들의 응원에 힘입어 용기를 가지고 출판사에 보여주었더니 흔쾌히 책으로 만들겠다는 겁니다. 그래도 또 한 번 망설이다 원고를 보내게 되었습니다.

화려하다면 화려한, 고단하다면 고단했던 저의 삶과 생각과 마음을 가감 없이 처음 글로 옮겨 보았으니, 서툰 점 살펴 읽어주신다면 감사하겠습니다.

저희 어머니가 남들과 꽤 다르게 사셨기에 제 글을 그냥 읽으시면 의아한 점도 있을 것 같아요. 책 뒤편에 소개된 어머니에 대한 글을 먼저 보시는 것도 좋을 듯합니다.

이런 자잔한 글을 책으로 내는 일이 어머니에게 혼날 일일지 몰라요. 하지만 이제는 하늘에 가서서 여전히 저를 지켜주시고 이끌어주시는 어머니에게 이 책을 바칩니다.

2022년 새해를 기다리며

이광희

차례

에필로그 _ 꽃사람, 김수덕

깨달음

바람이 그렇게 허망하지만은 않더라고요.

꽃을 피우는 바람, 뺨을 간질이는 바람,

열매를 맺게 해주는 바람, 땀을 씻어내는 바람,

그리고 모진 겨울바람 속에서도

꽃과 나무는 싹을 틔울 준비를 하지요.

산티아고에서 만난
바람

어머니,
산티아고의 끝없는 흙길에서 바람을 만났습니다.

바람에 일렁이는 광활한 밀밭이 끝도 없이 펼쳐지는 그 길을 하염없이
걸었습니다. 햇빛에 따라, 보는 방향에 따라, 거리에 따라 시시각각 달
라지는 밀밭 색감이 매 순간 경이롭고 아름다웠습니다.

무엇보다 어디서 왔다가 어디로 흩어지는지 알 수 없는, 눈에 보이지도
않는 '바람'이 엄청나게 큰 밀밭 물결을 만들어내고 있었습니다.

그때 문득 깨달았습니다. 눈에 보이지 않는 것들, 이를테면 사랑, 믿음,
시간 같은 것들, 눈에 보이지 않고 잡히지 않는다고 생각했던 것들이 우
리가 알아채지 못하는 사이에 커다란 결과로 확실하게 드러나고, 때론
저렇게 장엄한 풍경을 만들어내기도 하는구나.

그래, 어린 왕자가 "중요한 것은 보이지 않는다"고 말했지만, 그 보이지 않는 것들을 내가 어떻게 받아들이고 활용하느냐에 따라 상상할 수 없는 귀한 결과물을 만들어낼 수도 있겠구나.

그 후로 아들들에게 자주 이 말을 해줍니다.
"소중한 것들은 눈에 잘 보이지 않은 게 아니라 머지않아 더욱 확실하게 드러나 보이더라. 그런 것들이 사실은 더 큰 영향력을 가지고 있어. 우리가 무심코 지나쳤던 보이지 않는 것들이 시간이 지나면 우리 인생에서 아주 중요한 결과물을 만들어내거든. 사랑, 시간, 믿음 같은 눈에 보이지 않는 것들 말이야."

산티아고 길을 걸은 지 몇 년이 지났건만, 지금도 종종 밀밭의 그 바람이 눈앞에 펼쳐집니다.

깨달음은 언제나
뒤늦게 오더라

어머니,

오랜만에 큰아들과 둘이서만 저녁밥을 먹었어요.

아들이 결혼한 이후 함께 얘기 나눌 시간을 처음 가졌네요. 그런데 아들
이 이야기 끝에 이런 말을 하는 거예요.
"엄마 말처럼 내가 30대를 더 잘 보냈어야 했는데…, 하는 생각을 하게
돼. 책도 더 읽고 몸 관리해서 더 멋있게 30대를 보냈으면 어땠을까 후
회스럽더라고."

제가 대답했죠.
"준기야, 절대 후회하지 마. 깨달음이란 항상 뒤늦게 오는 거야. 엄마가
일흔을 살아보니 지나고 나서 후회하는 게 원래 인생의 순서야. 열심히
살지 못한 것보다 뒤돌아보고 후회하는 게 더 나빠.
지금이라도 알아챈 게 장한 거라고 너 자신을 칭찬해줘야 해. 깨닫는다
는 건 머리로, 공부로 되는 게 아니고 자기가 아프면서 겪어봐야 알게

되는 거잖아. 경험을 통해서 몸으로 터득해야 진짜 깨닫는 거지. 그러니 깨달음은 항상 뒤늦게 오지. 아픈 후에 오는 거고.

되풀이만 안 하면 성공이야. 깨달은 다음엔 절대 잊지 않는 게 중요해."

뒤로 걸으면
보이는 것들

어머니,

언제부터인가 뒤로 걷기를 좋아하게 됐어요.

오늘도 집 앞의 남산 산책로를 뒤로 걷고 있습니다. 처음 뒤로 걸을 때는 뒤에서 오는 사람과 부딪칠까, 넘어질까 두려워서 몇 걸음 떼지 못하고 뒤를 돌아보곤 했는데, 그 두려움을 넘어서니 한결 여유가 생깁니다. 이제는 두려움 없이 30분 이상을 걷게 됐답니다.

뒤로 걸으면서 알게 되었습니다, 우리가 지나온 길들이 얼마나 아름다웠는지, 얼마나 멋진 풍경이었는지도 모르고 무심히 지나쳤다는 것을.

앞으로 걸어갈 땐 땅밖에 보지 못합니다. 넘어질까 봐, 다칠까 봐. 어떨때 앞도 제대로 보지 못하고 막연한 생각에 빠져 걸을 때도 있습니다. 그런데 뒤로 걸을 땐 고개를 숙이게 되지 않더라고요. 얼굴을 들고 가슴을 펴고 걷기 때문에 눈앞으로 펼쳐지는 경치를 모두 볼 수 있지요.

인생에서 아무리 큰 고통과 아픔이 있었다 해도 뒤돌아보면, 그 고통스러운 시간을 관통해 살아왔다는 것 자체가 자랑스럽게 느껴집니다.

그래서 오늘도 저는 뒤로 걷는 걸음을 기분 좋게 내딛습니다.

행복이
그냥 오나요

어머니,

철학자, 상담가, 종교인 등 소위 지성인이라고 하는
사람들이 글과 강의를 통해 행복을 설파합니다.

"행복은 선택이지 조건이 아니다. 뭘 하든 행복할 권리가 있다"고 그분
들이 주장할 때마다 마음이 불편해지는 것은 왜일까요. 가끔은 행복하
지 않아서 야단맞는 기분도 든답니다.

저의 이야기를 감히 하자면, 살면서 행복하기를 선택하거나 추구한 적
이 별로 없었어요. 행복만을 고집하지 않았기에 불행하다는 생각도 하
지 않았습니다. 많은 어려움이 있었지만 견딜 만했어요.
사실 행복하기 위해서는 그만큼의 고통을 전제해야겠지요. 인류의 스
승이라고 할 수 있는 성인들은 우리의 관점에서는 평생 고난과 역경의
삶을 사셨고, 석가모니는 인간의 본래 모습을 깨닫기 위해 가진 것을 모
두 버리셨잖아요.

행복의 진실을 알려주면 좋겠습니다. 그분들이 말씀하시는 행복이란 평범한 우리로서는 도달하기 어려운 경지의 기쁨이라고. 아무리 사소해 보이는 행복도 고단한 과정을 거쳐야만 한다고 말이에요.

건강함에서 오는 행복도 다이어트와 운동이라는 성가신 과정을 거친 뒤에 오는 거잖아요. 아무리 작은 행복이라도 그걸 얻어내려면 하기 싫은 일을 견뎌내는 어떤 '과정'이 있음을 잊어서는 안 될 거 같아요.

소확행
유감

어머니,

소소한 것, 작은 것에서 행복감을 찾으라고들 합니다.

근데 그건 아닌 것 같아요. 그건 성공한 사람들이 목표를 향해 열심히 살아본 뒤에야 할 수 있는 말이 아닐까요. 꿈을 이루지 못해 불행한 사람에게 작은 것에서 행복을 찾으라고 하면 자신의 꿈과 멀어지는 모순이 되지 않을까요. 자신의 상황을 합리화시키려는 태도가 아닌가 싶기도 하고요.

치열한 세상의 한복판에서 소소한 행복을 느낀다는 것은, 적당한 선에서 본인의 꿈을 현실과 타협하고 포기하면서 맛보는 얄팍한 행복, 불안한 행복입니다. 한때 유행했던 '힐링'이란 말처럼, '소확행'도 이 개념을 이용해 돈을 버는 사람들의 것이라는 생각도 듭니다.

장담하지만, 소확행을 내세워 돈을 버는 사람들도 무지무지 바쁘고 치열하게 살고 있을 거예요.

아들아, 소확행에 현혹되지 말고 더 치열하게 살아보렴.

상대적
불만

어머니,

아프리카에서 돌아온 2015년의 여름은 땅 위의 것들
이 죄다 익어버릴 것처럼 불볕더위가 이어졌습니다.

저는 에어컨이 잘 가동되지 않는 사무실에서 밀린 일을 하느라 분주히
오가며 왜 이렇게 더운 거냐고 연신 짜증을 냈습니다. 며칠 동안 계속
짜증을 내는 저 자신을 보면서 어느 순간 화들짝 놀랐습니다. 연일 50
도를 넘기는 아프리카에서도 이러지는 않았거든요. 상상할 수 없는 무
더위에 비 오듯 땀을 흘리면서도 불평은커녕 즐겁고 신나게 일을 했습
니다. 흐르는 땀을 아무렇지도 않게 쓰윽 닦아가며 깔깔 웃기도 잘했습
니다. 그런데 지금은 왜 이럴까?

이내 그 답을 알아차렸습니다. 아프리카에서는 더 시원하게 지낼 수 있
는 선택의 여지가 없었고, 누구나 똑같이 그 더위를 견뎌야 합니다. 하
지만 서울에서는 많은 사람이 다양한 방법으로 시원하게 지낼 수 있으

므로 왜 나만 덥게 일해야 하나, 하고 투덜대게 되는 것이었어요. 아프리카에서보다 훨씬 살 만한 조건인데도 말입니다.

선택의 폭이 넓은 환경에서는 그만큼 상대적인 불편이 강하게 느껴지는 것 같습니다. 이런 이유로 불평과 불만의 목소리가 커지는구나 이해할 수 있게 됐습니다. 지금은 내가 뭔가 짜증이 나거나 불만스럽다고 느낄 때는 그해 여름을 상기해 보곤 합니다.
상대적인 불만으로 자신을 스스로 괴롭히지 말자, 라고 되뇌면서요.

친밀함의
테러

어머니,

　제가 그렇게도 사랑하는 사람, 없으면 못 살 것 같은 사람에 대해 저는 얼마나 알고 있을까요?

생각만큼 그에 대해 잘 알지 못하면서도, 그가 저를 이해해주지 않으면 서운하기 짝이 없습니다. 너는 나를 언제나 이해하고 있어야 하고, 어떤 경우에도 나를 사랑해야 한다고 요구합니다. 왜냐하면, 너는 나의 남편이니까, 나의 아들이니까, 그리고 나의 형제자매니까, 사랑으로 맺어진 관계니까 하면서요.

가족이니 다 알겠지 생각하며 사소한 마음의 표현을 건너뛰고 생략합니다. 미안하다, 고맙다 하는 말들을 건너뛰고 생략하면서 조금씩 축적된 서운함은 오랜 세월이 흐른 뒤 좁혀지지 않는 거리를 만듭니다.

저는 이것을 '친밀함의 테러'라고 부릅니다.

말라죽은
포도나무

어머니,

　우리 집 작은 정원 한 귀퉁이에 포도나무 한 그루 심어놓고 언젠가 포도가 열리기를 간절히 기대하면서 기다렸어요.

그런데 덩굴 가지 하나가 마음에 들지 않는 방향으로 뻗어가는 거예요. 솔직히 고백하자면 미관상 마음에 들지 않았어요. 결국, 제 마음대로 덩굴의 방향을 바꿔줬답니다. 더 근사하게 뻗으라고요.

그런데 손을 봐준 지 며칠 안 돼 포도나무가 모두 말라 죽어버리는 게 아니겠어요? 묘목 파는 곳에 물어보니, 방향을 바꾸면서 뿌리가 흔들려서 바람이 들어가 죽은 거라고 하네요. 잘해준다고, 이게 옳은 방향이라고 단정하고 억지로 바꿔준 결과가 이렇게 엉뚱한 결과를 낳고 만 거예요.

죽어가는 나무를 지켜보면서 가슴이 서늘해져 저를 돌아봐요. 제가 옳다고 굳게 믿고 밀어붙였던 일 중에 제 잘못으로 문제가 생겼던 적은 없는지, 심지어 제 잘못인지도 모르고 잘난 체하며 살아오지는 않았는지 생각해보는 밤입니다.

눈이
마음을 속일 때

어머니,

저는 따뜻한 햇볕이 드는 창가에 고양이처럼 노곤하게 누워 있는 걸 무척 좋아해요.

그러다 어느 날 제가 누운 창가에 나무젓가락이 담긴 물컵을 발견했어요. 그런데 물컵 속의 나무젓가락이 부러진 것처럼 45도쯤 굽어 보이는 거예요. 그걸 발견하고 깜짝 놀랐어요.

눈에 보이는 게 정답은 아니었어요. 유리컵 속의 젓가락은 빛의 굴절 현상 때문에 굽어 보일 뿐 실제로는 곧은 젓가락이잖아요. 그때 깨달았어요. 내가 보는 것이 진정으로 보는 게 아니겠구나. 수많은 다양한 렌즈로 상대방을 굽게 보고, 심지어 어떤 때는 거꾸로 보면서 상대를 평가했겠다고 생각하니 가슴이 서늘해지더라고요.

깨우치지 못한 사람의 눈에 산은 산으로 보이고 물은 물로 보이지만, 깨우침을 찾는 사람에겐 산이란 과연 무엇이고 물이란 과연 무엇인지 어려워진다고 해요. 그리고 깨우침을 얻게 되면 다시 산은 산으로, 물은 물로 보인다는 에리히 프롬의 글을 읽은 적이 있어요.

어떻게 하면 편견을 버리고 있는 그대로 상대의 입장을 볼 수 있을까요? 제대로 보려면, 있는 그대로 보려면 맑고 투명한 마음이 있어야 가능할 거예요. 살아오면서 구겨진 마음들을 가다듬고, 겹겹이 쌓인 앙금과 편견들을 털어내는 고된 작업. 그 과정을 거치면 산은 산 그 자체의 아름다움으로, 물은 물 그대로의 투명함으로 가식 없이 다가오겠지요?

아마도
사랑은 블랙

어머니,

사랑의 색깔은 무엇일까요?

이 세상에 주어진 모든 의미가 합쳐진 게 사랑이 아닐까요? 사랑은 자유라고 생각할 때 그것만으론 충분히 않습니다. 사랑은 기쁨이라고 생각해보아도 부족한 느낌을 지울 수 없습니다.

사랑은 기쁨, 행복, 슬픔, 불행, 고통, 환희, 자유, 빛과 그림자…, 이 세상의 모든 의미를 하나로 모을 때 비로소 사랑이 되는 것 같습니다.

정녕 사랑은 무슨 색일까요?

각각의 사람이 겪은 인생의 색들이 모두 더해진 것이 사랑의 색 아닐까요?

오늘은 하얀색, 내일은 파란색, 또 어떤 사람은 초록색 인생, 누군가는 노란색 삶…,

이 각기 다른 삶의 모든 색이 합해진 것이 진정 사랑의 색깔이 아닐까요?

사랑하는 마음은 까맣게 타들어 갑니다. 아니, 까맣게 타들어 간 마음은 사랑 때문입니다. 진정한 모든 의미가 합해진 깜깜한 암흑에서 사랑의 환한 빛이 나옵니다.

모든 색을 합하면 검정이 됩니다.
그래서
사랑은
아마도
블랙이 아닐까요?

새의
지혜

어머니,

이른 아침 둘째 아들과 남산길을 걸을 때였습니다.

하늘을 향해 높게 자란 나무 끝에 이름 모를 새가 둥지를 틀고 있는 걸
발견했습니다. 와, 저렇게 높은 곳에 어쩌면 저런 멋진 집을 지을 수 있
을까, 감탄하며 아들과 수다를 떨고 있는데 마침 새 한 마리가 자기 몸
집의 두 배나 되는 긴 나뭇가지를 물고 나타났습니다.
자기가 만들던 둥지로 옮기려고 하는 것 같았어요. 그런데 가지가 너무
무거웠나 봐요. 둥지까지 날아오르지 못하고 가지를 떨어뜨렸다가 다
시 물고 올라가기를 반복하더군요. 우리는 새가 어떻게 할지 끝까지 지
켜보기로 했어요.

새는 결국 키가 작은 나뭇가지에 올라가 잠시 쉬더니, 거기서 점차 높은
나뭇가지로 날아올라 물고간 긴 가지를 마침내 둥지에 사뿐히 올려놓
았습니다. 그 과정을 지켜보던 우리는 탄성을 질렀어요.

와, 다시는 '새대가리'라고 흉보면 안 되겠다. 저렇게 똑똑한 걸. 그건 말이 안 되는 욕이었어. 우리는 너스레를 떨면서 그 자리를 떠났지만, 그날 그 장면을 잊을 수가 없었습니다.

나름의 방법을 생각해내고 끈기를 가지고 반복해서 결국 목적을 이루고 마는 새를 보면서 저 자신을 돌아보았습니다.
포기하고 싶어질 때는 오늘 본 새를 떠올리자고 아들과 손잡고 다짐하면서요.

별것 아닌 게
별것 아닌 게 아니더라

어머니,

별것도 아닌 것 가지고 왜 야단이야! 사람들은 이렇게 쉽게 말합니다.

그런데 오랜 세월 겪어보니 문제는 항상 '별것도 아닌 것'에서 시작되더라고요. 별것도 아닌 것을 무시했다가 심각한 별것이 된다는 사실을 나이 들수록 더 많이 경험합니다. 별것도 아닌 걸 가지고 별것처럼 따지고 편을 가르며, 죽기 살기로 싸우는 세상이니 별것 아닌 것이 이래저래 별것인 것 같습니다.

둘째 아이가 어렸을 때 공부도, 대학도 시시해서 다 때려치우고 싶다고 고집부리던 적이 있어요. 학교 가도 별것도 아닌 걸 가르치니 배울 필요가 없다는 거지요. 그래서 제가 말했어요.

"근데 너는 그 별것도 아닌 것을 못 해서 포기하겠다는 거야? 그게 별것도 아니라면 해내고 나서 무시해야 하는 거 아닐까. 그 별것도 아닌 걸 못해서 네 운명을 완전히 바꾸고 싶다면 그렇게 하렴."

결국, 말장난 같은 저와의 말씨름 끝에, 둘째는 뒤늦게 대학 졸업장을 받게 됐지요.

도전해 보지 않고 별것도 아니라고 하찮게 여기다가 별것인 것을 알고 후회하거나 별것처럼 대단하게 여기고 덤벼들었다가 별것 아니었다는 사실을 깨닫기까지는 오랜 시간과 아픈 경험이 필요한 것 같아요.

그러고 보면 우리 인간은 정말 별것도 아닌 존재입니다. 별것도 아닌 것에 그렇게 많은 시간과 고통을 투자해야 하니까요. 별것이 아닌 듯해도, 별것이나 마찬가지로 조심조심 살아가야 할 것 같습니다.

용서의 길에서
문득

어머니,

산티아고의 길은 '용서의 길'로 알려져 있어요.

자신이 미워했던 누군가를 향해, 자신에게 상처를 줬던 누군가를 향해
그래, 네가 나에게 모질게 했던 모든 잘못을 용서해줄게, 하며 순례길
길목마다 그 사연을 적어놓으며 마음의 짐을 내려놓는 길이라고 했어
요. 저도 용서해야 할 사람들을 떠올린 뒤 그들을 용서하고, 마음이 가
벼워지기를 절실한 마음으로 기대했어요. 용서하기 위해서 그들이 왜
그랬는지, 어떤 마음이었는지 그것만이라도 이해하고 싶었어요.

어머니, 그러다 문득 깨달았어요.

제가 누군가를 용서해야 한다고 생각했던 게 잘못된 생각이었고, 오만
이었음을요. 제가 뭐라고, 감히 누구를 용서한단 말인가… 그들이 내게
그랬듯 나도 많은 사람에게 나도 모르게 실수하고 상처 주었을 거란 생
각이 든 거예요. 누군가를 용서하기보다 먼저 누군가에게 용서를 받아

야 할 일부터 생각해야 했어요.

생각이 그렇게 바뀌자 답답했던 숨통이 터지는 것 같았어요. 아하, 그때야 마음이 편안하게 풀리는 거였어요.

잡초 같은
생각들

어머니,

출장을 떠나기 전, 막 올라온 마당의 잡초를 보면서 잠시 망설였어요. 뽑을까 말까 궁리하다 '너도 세상에 나왔으니 좀 살아봐라'라고 생각하고 출장을 다녀왔지요.

그런데 일주일 사이 잡초가 삐죽삐죽 두 배나 자란 거예요. 그새 온 힘을 다해 기를 쓰고 자란 것 같았습니다.

한숨이 나왔어요. 애타게 기다렸던 꽃들은 아예 보이지도 않았으니 말이죠. 땅 밑에서 짓눌려 있을 꽃들을 살려야 하니 결국 잡초를 뽑을 수밖에 없었어요. 마당에 쪼그리고 앉아 잡초를 뽑으며 저는 혼자 이렇게 푸념을 했어요.

결국, 이렇게 뽑히고 말 텐데 너는 왜 이리도 잘 자라는 거니? 잘 자라기를 바라는 꽃들은 정성을 들여도 잘 죽어버리는데, 너희는 어쩌면 이렇게도 생명력이 강하니.

머릿속 생각도 똑같은 것 같아요. 나쁜 생각은 내버려 둬도 순식간에 자라 올라오고, 좋은 생각은 아무리 기다려도 저절로 자라는 법이 없으니까요.

노란
조가비

어머니,

산티아고 순례길에서 길을 묻는 자가 순례자라면, 길을 대답하는 자는 노란 조가비 모양의 표지판입니다.

순례길을 상징하는 이 노란 조가비는 모든 순례자의 든든한 길라잡이가 됩니다. 아무리 어렵고 힘들어 주저앉고 싶어도 멀리 노란색 조가비가 보이면 다시 일어설 힘이 생깁니다. 그 길만 따라가면 목적지에 이를 수 있다는 믿음을 주기 때문이죠.

그런데 이렇게 든든한 길잡이였던 노란 조가비가 결정적인 위기 상황에서 보이지도, 찾을 수도 없었던 경험을 했어요.

파울루 코엘류가 『순례자』란 책에서 검을 만나기 위해 찾았던 오 세브레이로에 있는 성당으로 가던 중이었습니다. 그 길은 위험해서 가이드가 혼자 가는 걸 말렸던 곳이었는데, 고집을 부려 혼자 길을 떠났더랬습니다. 걷고 또 걸어 길이 어둑해질 무렵이 됐는데도 도무지 성당을 찾을 수 없었어요. 그런데 노란 조가비도 보이지 않았던 거예요. 절벽 같은 가파른 길에서 그때 느꼈던 두려움을 지금도 잊을 수 없습니다.

겁이 많은 편은 아니지만, 시시각각 어두워지고 추워지는 산속에서의 불안감은 거의 공포스러웠습니다. 그래도 스스로 마음을 다독여가며 걷다가 귀퉁이를 도는 순간, 저 멀리 보이는 소박한 성당의 불빛을 발견했을 때의 기쁨이란 이루 말할 수 없었죠.

전적으로 의지해왔던 노란 표지판이 안 보일 수도 있다는 것을 인생길에서도 꼭 알고 있어야겠더라고요. 표지판이 없어 가야 할 방향이 보이지 않는 길을 선택하는 일은 온전히 제 개인의 몫임을 그때 제대로 경험했습니다.
그래야 길을 잃어도 당황하지 않고, 인생길 걷기를 무사히 마칠 수 있을 거라는 생각을 했습니다.

선택과
책임

어머니,

우리가 왜 사나요?

이 세상에 태어난, 삶에 대한 책임감 때문 아닐까요.

우리가 왜 일하나요?

제게 주어진 일에 대한, 직업에 대한 책임감 때문이겠지요.

왜 희망고 일을, 그것도 한센인 마을을 돕나요?

그분들을 만나 돕겠다고 한 제 말에 책임지기 위해서지요.

외람된 말씀이지만, 책임, 수용, 인내 세 가지를 제 인생에서 가장 중요
한 키워드로 삼고 살았습니다. 특히 그중에서도 제가 선택한 것에 대한
책임, 제가 말한 것에 대한 책임…,

크고 작은 것에 대한 책임이 저 자신을 붙잡고 있는 것 같아요.

주어진 책임을 완수하기 위해,

피하고만 싶은 어려운 상황을 받아들이고 싸우면서

다른 사람이 아닌 저 스스로 선택한 것들에 대한 책임은,

죽을 때까지 안고 살아야 하지 않을까 해요.

그것이 나를 '나답게' 만들어가는 것이리라 생각하면서….

하마터면
버릴 뻔했다

어머니,

누군가가 준 심비디움이란 난(蘭) 화분이 집에 있어요.

난이 못생겼다고 생각해서였는지 받는 순간부터 별로 마음에 들지 않았고, 꽃마저 지고 나니 버리고 싶은 마음마저 일었지요. 그래도 살아있는 잎사귀가 몇 개 있어서 차마 버리진 못하고 이리저리 버려둬 놓았어요.

그런데 세상에…, 눈길조차 주지 않았던 마루 끝 화분에 연둣빛을 띤 꽃봉오리가 맺힌 게 아니겠어요? 한 줄기에 네 개, 또 다른 줄기에 다섯 개의 꽃봉오리가 봉긋이 올라온 걸 보고 어찌나 놀랐는지요. 추석에 며칠 지방에 다녀온 사이 그 난이 저 혼자서 찬란하게 꽃을 피우고 있었던 거예요. 이렇게 우아하고 멋있는 난이 있을까 할 정도로요.

가슴이 철렁 내려앉았어요. 하마터면 버릴 뻔했는데…. 만약 그랬다면 이

우아한 자태를 볼 수 없었겠지요? 어찌나 미안하던지 눈물이 날 지경으로 가슴이 먹먹해지면서 저 자신을 돌아보게 됐습니다.

문득 어머니 생각이 났어요. 버려진 물건들을 환상적으로 살려내셨던 어머니. 곰팡이 슬어 쓸모없어진 커튼을 깨끗이 빨고 치자 꽃물을 들여서 아름다운 한복을 지어 입으셨죠. 심지어 벽에서 벗겨낸 낡은 갈포벽지를 물에 불려서 종이를 떼어내고 잘 다듬어 옷을 만드신 걸 보곤 기절하는 줄 알았어요.
사람에 대해서도 마찬가지였지요. 누구도 눈길조차 주지 않는, 외면당한 사람들을 아무 대가 없이 보듬으며 "네가 장하다, 장한 사람이다" 격려하고 돌봐주셨던 어머니.

버리기가 일상인 요즘, 하마터면 버릴 뻔한 하찮은 것에서 또 다른 깨달음을 얻은 오늘입니다.

흑장미
꽃밭

어머니,

처녀 시절 꿈이 뒤뜰에 흑장미 꽃밭을 일구는 것이셨다죠.

모든 게 때가 있는 법이라는 사실을 알면서도 귓전으로 흘려듣다가 어머니께서 아흔이 다 되셨을 때야 새삼 기억이 났습니다. 늦었더라도 어머니의 꿈을 이뤄드려야겠다고 결심하고 어렵게 구한 장미 100여 그루를 해남 친정집에 심었죠.

그러나 이듬해 필 줄 알았던 장미는 무엇이 부족했던지 거의 말라 죽어 저를 당황스럽게 했습니다. 흑장미를 더 구해다 심었지만, 다음 해에도 꽃은 시원치가 않았어요. 3년째가 되어서야 겨우 장미꽃이 피기 시작했는데 그때 어머니는 쓰러지셨고, 그토록 좋아하셨던 활짝 핀 장미꽃을 한 송이도 제대로 보지 못하고 돌아가셨어요. 어머니가 제 마음만이라도 느끼셨겠지, 스스로 위로했지만 아쉬움은 너무나 컸습니다.

그때 다짐했어요. 해야 할 일은 절대 미루지 않아야 한다고.

진정한
사치

어머니,

불현듯 생텍쥐페리가 했던 말이 생각납니다.

"직업의 위대함은 사람들을 결합시키는 데 있고, 인간의 진정한 사치는 오직 인간관계의 사치뿐이다"라는 말이요.

40년 동안 한 분야에서 일하면서도 저는 생텍쥐페리가 말한 진정한 사치를 누리지 못하고 살았습니다. 혼자 보내는 시간이 편했던 저는 고마운 고객과도, 감사한 지인들이나 친구들과도 잘 어울리지 못하고 살았으니 인간의 도리는 영 못했던 셈입니다.

그러다 마지막 속죄의 의미일까요? 아프리카 친구들과의 관계에서 평생의 사치를 한꺼번에 몰아서 받고 있습니다. 아침부터 꿈속에서까지 이 사람들을 생각하고 이 사람들과 이야기하면서 지독한 관계를 유지하고 있습니다.

마음

한 사람의 마음을 잃는 건, 우주를 잃는 거다.

왜 한 사람을 잃는 게 온 우주를 잃는 건가요?

한 사람이 온 우주니 그렇지.

그러니 한 사람 한 사람이 다 귀한 거다.

버리기
훈련

어머니,

벼르고 벼르다 몇십 년 묵은 옷들을 정리하려고 다 꺼내놓고 보니, 손댈 엄두가 나질 않습니다.

대부분 자주 입지 않은 것들, 몇 년째 손도 대보지 못한 옷들입니다. 그것들이 주인행세를 하면서 좁은 공간을 차지하고 있고, 새로 산 옷들은 오히려 제자리를 찾지 못하고 불편하게 살고 있습니다.

언젠가는 쓰겠지, 다들 소중한 건데, 어떻게 해서 갖게 된 건데, 하며 부둥켜안고 사는 게 어디 옷뿐일까요? 제 마음속도 이렇지 않을까요.

문득 자신을 스스로 돌아보니 머리와 마음속에 케케묵은 잡동사니가 그득그득 채워져 있습니다. 분노, 화, 억울함, 후회, 자존심, 쓸데없는 미련, 쓸데없는 일로 낭비되는 에너지, 감정들…, 매일 그런 생각을 붙잡고 삽니다.

이러니 비우기, 버리기, 정리하기는 정말 어려운 문제가 됩니다. 물건이든 생각이든 감정이든 포기하는 게 쉽지 않죠. 갖고 싶은 것이 많은 요즘 같은 세상에 포기하는 일이 어려운 일이라서 훈련이 필요한 것 같습니다.

포기하는 훈련을 반복하면 어느덧 후련함, 개운함, 깔끔함, 그리고 마음의 평화까지 찾아오는 것 같아요. 심지어는 삶에서 가장 소중하다고 여기는 것까지 미련 없이 버릴 때 비로소 진짜 귀중한 것이 드러난다고 하잖아요.

올봄엔 마음을 어지럽히는 그 많은 생각과 감정을 모두 모아서 훌훌 털어 분리수거함에 넣어야겠습니다.

단순하고
소박하게

어머니,

언제쯤이면 귀가 열려 이끼 낀 바위와 새와 이름 없는 꽃, 소리 없이 내리는 비가 하는 말을 들을 수 있을까요?

조르바의 독백이 기억납니다.

단순하고 소박한 마음,
단순하고 소박한 생각,
단순하고 소박한 생활.

그리하여 가슴에 평온함과 사랑과 평화가 흐르는 삶을 간절히 바라면서 70년이 흘렀네요.

바람을
잡으러 다니는 아이

어머니,

　돌아보면 아무것도 아닌 것을, 지나 보면 별것도 아닌
것을…, 알고 보면 아무것도 아닌 것을 깨닫는 일이 제게는 멀고도 먼
길이었습니다.

그래서 평생 굿거리를 하며 살았습니다. 그래서 어머니는 제가 허공을
치며 바람을 잡으러 다니는 아이 같다고 하셨지요?

사람들은 말합니다. 이렇게 간단한 걸 몰라?
네 모르겠어요.
아는 사람에겐 간단하겠지만, 모르는 사람에겐 정말 깜깜하고 막막하
기만 한 법이에요.
그래서 저에겐 배움이, 경험이 늘 필요하고 친절하게 가르쳐줄 사람이
아쉬운가 봐요.

마음
청소

어머니,

잠에서 깨어나 창밖을 보니 첫눈이 옵니다.

저는 한여름에도 커튼을 젖히면서 습관적으로 눈이 왔으면 하는 기대를 하곤 해요. 그런데 오늘 밖을 내다보니 정말 첫눈이 오고 있습니다. 놀랍고 반가워서 일어나 늘 마시는 커피도 마다하고 서둘러 길을 나섰습니다, 눈을 맞으며 걷고 싶다는 생각에.

마침 오늘 우리 사옥 청소하는 마지막 날인데, 때를 벗긴 하얀 건물 위로 눈이 소복이 쌓였습니다. 건물 청소를 마친 용역회사 사장님이 "언제 청소하셨어요? 그동안 청소를 자주 안 하셨나 봐요. 이렇게 하얗고 예쁜데요." 하십니다.

세상에…, 언덕 위의 하얀 집이었는데, 그동안 얼룩지고 지저분한 얼굴로 살게 해서 우리 건물에게 미안해 고개를 들지 못했어요. 건물도 이렇게 청소하면 깨끗해지는구나. 내 마음도 시원하게 대청소를 하면 깨끗해질까?

희망이 생긴 것 같이 기분이 좋아집니다. 내 마음에 덕지덕지 들러붙은 때를 지우고 싶어 샤워도 더 열심히 했습니다.

그런데 막상 마음의 청소는 어떻게 해야 하죠?

의미
강박증

어머니,

젊었을 땐, 의미 없다고 생각되는 일은 하지 않았어요.

의미와 가치를 찾아내고 만들어내는 일이 아니면 안 된다는 각오로 의
미 속에서 허우적거리며 살았죠. 저의 일상이 의미를 지향하고 의미에
도달하기 위해서 견뎌내야 하는 투쟁의 연속이었습니다.

패션 행사를 해도 콘셉트를 잡고 의미를 입히려 했고, 옷 한 벌 지어도
의미를 담으려 했고, 자선행사도 가치 있는 행사가 되도록 나름 노력했
습니다.
세월이 지나 일흔이 가까워진 어느 시점에 돌아보니 제가 추구했던
것들이 도대체 무슨 의미와 가치를 가지고 있었던 걸까 의문스러워집
니다.

자신이 추구하는 의미와 가치를 주변 사람들과 충분히 공유하지 못한 자기만족이거나, 현실과 괴리가 큰 현학적인 의미를 추구하거나, 의미에 은근한 우월감이 숨겨져있다면 공연히 주위 사람을 힘들게 하고, 결국 스스로 지치게 되더라고요.

그뿐인가요. 추구하던 일이 성공하기도 힘들게 되지요. 의미와 가치라는 이름으로 성과도 없는 일에 모두가 피로감만 쌓여갈 뿐입니다.

제가 가진 의미강박증으로 주변 사람을 힘들게 하지 않았는지 찬찬히 돌아봐야겠습니다.

주어진
삶부터

어머니,

　은퇴할 나이에 접어드니 남편이 제게 "당신이 진정으로 하고 싶은 게 뭔지 찾아보라"라고 권유합니다.

취미 생활도 딱히 없고, 좋아하는 일도 별로 없는 저로서는 난감한 일입니다. 그래서 요즘 저의 과제는 제가 진정으로 원하는 게 뭔지 알아내는 것입니다. 이 일이 생각만큼 쉽지 않네요. 평생 눈앞에 주어진 일, 닥치는 일들만 해결하면서 살아내기에 급급했으니까요.

그런데 산다는 게 원래 '원하는 삶'을 살기 위해 '주어진 삶'을 열심히 살아내야 하는 게 아닌가 싶어요. 자신에게 주어진 일을 책임 있게, 감사한 마음으로 성실하게 하다 보면 언젠가는 자신이 원했던 일도 하게 되는 게 아닐까요?

주어진 일을 하면서 실력과 능력이 길러졌기 때문에 자신이 진짜 좋아하는 일을 실패 없이 해낼 수 있게 되는 거겠지요?

아직 원하는 삶을 찾지 못한 저는 주어진 삶을 한참 더 살아내야 할 것 같습니다.

사람의
마음이란

어머니,

사람의 마음이란 도대체 무엇일까요?

사람의 마음은 우주 같아서 해도 해도 채울 수가 없고, 가도 가도 알 수가 없으며, 아흔아홉을 줘도 하나를 덜 받았다고 서운해하면서 뒤에서 욕을 할 수도 있다고 어머니가 말씀하셨잖아요.

오랜 세월 가슴속 깊이 묻어두었던 헝클어진 마음의 감정을 이제 차근차근 풀어나가야겠습니다. 이게 저에게 남은 시간 동안 해결해야 할 숙제가 된 것 같습니다.

무소유

어머니,

오늘은 '무소유'란 말에 대해 곰곰 생각해보았어요.

간절히 소유하고 싶었던 것을 포기하는 것을 말하는 게 아닌가 싶어요.
더 나아가 내가 붙잡고 있던 생각과 신념과 가치를 고집하지 않는 것.

그리고 무소유라고 하는 개념조차 갖지 않게 되는 것.

내려놓음이란 말이
멋지긴 한데요

어머니,

아들 준기를 유학 보내고 매일 전쟁의 연속이었어요.

자유로운 영혼을 꿈꾸고 공부가 싫은 아들에게 졸업은 해야 한다고, 공부도 다 때가 있는 법이라고 마치 울부짖듯이 잔소리를 해댔지요. 이러는 제게 남편은 늘 내려놓으라고 이야기했어요. 그러면 저는 "아니, 도대체 뭘 올려놓았다고 내려놓으라는 거냐"라면서 볼멘소리로 항의했지요.

내려놓는다는 거, 참 멋진 말이에요. 그렇지만 우리의 삶에는 투쟁하듯 쌓아 올려야 할 일들도 있는 거 같아요. '내려놓음'이라는 멋진 포장으로 인생에서 슬그머니 물러나 어물쩍 포기해버린 일은 없는지 주위를 둘러봐야 할 것 같아요. 내려놓을 걸 올려놓고, 올려놔야 할 걸 내려놓은 것은 아닌지 잘 살펴야겠어요. 사실 내려놓는다는 것은 최선을 다해본 후에야 가능한 일이잖아요. 그때 제가 내려놨으면 지금처럼 멋지고 훌륭한 성인으로 성장한 우리 아들 준기는 아마 없었을 거예요.

나를
디자인하다

어머니,

이 세상을 살면서, 죽을 때까지 오직 나만이 할 수 있고 해야만 하는 일이 있다면 무엇이 있을까요? 그건 바로 '나'라는 인간을 디자인하고 완성하는 게 아닐까요?

내 자식은 이런 사람으로 커야 하고, 남편은 저런 사람이어야 한다고 수없이 요구하면서 정작 저 자신에 대해서는 아무 생각이 없었습니다. 이제 새삼 자신에게 묻습니다. 나는 어떤 사람이 돼야 하는가.

'나는 누구인가'보다 '나는 어떤 사람이어야 하는가'가 저에겐 더 중요하게 느껴집니다. 평생 그 생각으로 노력했던 것 같아요.
앞으로도 제게 남은 시간 동안 저를 완성해가는 노력을 계속해나가려고 합니다.

나에게
없는 것들

어머니,

저는 왜 종종 불만이 마음에 똬리를 틀까요?

문제가 없는 일에 감사하지 못하고, 건강한 몸에 관해서는 관심조차 두지 않습니다. 안 풀리는 것에 온통 신경이 곤두서고, 행복을 간절히 원하면서도 불행할 수밖에 없는 마음의 태도를 갖추고 있는 노릇이에요. 저는 언제야 어른이 될 수 있을까요.

어머니 음성이 들리는 것 같아요.
'네가 뭐라고 다 가져야 한다고 생각하니?
가지고 있는 것만이라도 감사하며 잘 활용하고 살아야지.'

이제는 제가 누리는 것들에 먼저 시선을 보내야겠어요. 제게는 없는 것보다 가진 게 더 많고, 아직은 건강한 몸을 누리고 있으니 감사한 일이지요. 제가 갖지 못한 것들에 대해서도 겸허한 마음을 가져야겠어요.

새로운 눈으로
보기

어머니,

한번은 어머니께 성지순례 여행에 보내드릴 테니 참여해 보시라고 권한 적이 있어요.

그때 어머니가 이렇게 거절하셨죠?

"내 주변의 아름다움도 다 못 찾아보고 사는데 왜 거기까지 가니? 거기 다녀온다고 달라질 거 없다."

그런데 저는 여행길에서조차 그 길의 아름다움에 집중을 못 하네요. 가까운 사람들에게 사진을 찍어 보내고 제 상황을 알리고 설명하느라 제대로 보지도, 느끼지도 못하고 시간에 쫓겨 허둥대고 있어요. 제가 이곳에 왜 왔고, 무엇을 보려고 하는지도 잊어버릴 지경이에요.

진정한 발견의 여행은 새로운 풍경을 찾는 것이 아니라 새로운 눈을 갖는 것이라는 마르셀 프루스트의 말이 떠오릅니다.

아직
움트지 않은 씨앗

어머니,

벌써 30년 전 일이에요.

〈아웃 오브 아프리카〉라는 영화를 감명 깊게 보고, 주인공 카렌의 발자취를 더듬고 싶어서 혼자 나이로비로 향했답니다. 그곳에서 아프리카의 풍광을 바라보며 자연은 있는 그대로 참 아름답구나, 하는 생각이 들었어요.

어머니,

자연은 그 자체로 아름답지만, 인간은 다른 것 같아요. 하나님이 우리 인간에게는 아름다움의 씨앗을 심어주고, 그걸 가꿀 수 있는 머리와 느낄 수 있는 마음을 주신 것 아닐까요.

아프리카를 다녀온 뒤 저는, 하나님이 제게 준 아름다움의 씨앗을 꽃피
워야겠다는 생각으로 살았습니다. 그 꽃을 피워야 할, 그래서 진정으로
아름다워져야 할 책임이 저에게 있다고 생각하면서요.

오랜 세월, 하나님이 제게 주신 아름다움을 찾고 가꾸며 살았는데, 글쎄
저만의 아름다움이 제 눈에는 잘 보이지 않습니다. 제가 제 몫의 아름다
움을 꽃 피우긴 한 걸까요.

남은 시간, 당신께서 심어주셨지만 움트지 않은 씨앗이 무엇인지 부지런
히 찾아봐야 할 것 같습니다. 그리고, 찾을 수 있기를 기도하겠습니다.

뿌리를
잘 내리렴

어머니, 기억하세요?

어린 시절 우리 집에 자주 오시던 함석헌 선생님이 저를 참 귀여워해 주셨잖아요. 그분이 제게 해주셨던 말씀이 제 인생을 평생 지키고 있어요.

"광희야, 사람은 나무와 같단다. 나무는 뿌리가 가장 중요한데, 사람에게 뿌리란 생각에 해당하지. 뿌리가 깊고 넓게 자리 잡아야 하늘 높이 자라는 큰 나무가 될 수 있고. 그래야 사람들에게 많은 걸 나눠줄 수 있겠지? 사람의 생각도 나무의 뿌리와 마찬가지란다."

그때부터 마음의 나무를 키웠던 것 같아요. 나쁜 생각이나 부정적인 생각을 하면 내 나무의 뿌리가 썩는구나 걱정이 돼서 수시로 무엇이 부족해 이렇게 상했나 제 마음을 살폈어요. 이겨내기 힘든 생각을 할 때는 바닷바람을 맞으며 바위틈에 힘들게 뿌리내리고 있는 나무를 상상하기도 했고요.

힘들고 어려운 곳에서 뿌리를 잘 내리면 더 멋지고 건강한 나무가 될 것이고, 아니면 죽어가는 나무가 되겠구나, 생각하며 고통스러운 시기를 버티기도 했어요. 내 나무를 살려야겠다는 간절한 바람으로 생각을 긍정적으로 바꾸면 희한하게 잘 안 풀리던 일들도 해결되는 것 같았어요.

저는 늘 마음속으로 노래를 해요.
"나무야, 나무야. 뿌리를 잘 내려 부디 반듯하게 자라다오…."

마음의
때

어머니,

　새로 천갈이한 소파의 거친 바느질이 눈에 거슬렸는데, 며칠 지나니 눈에 띄지 않아요.

잘못 칠해진 페인트도 며칠 투덜거리고 나니 잊어버리고, 정리를 미뤄 둔 지저분한 제 방도 너무 익숙해져 아무렇지도 않은데, 하물며 제 허물, 제 단점이 제 눈에 보일 리 없습니다.

너무 익숙하고 당연하게 여겨져 오랜 세월 내버려 둔 제 마음의 때를 제대로 보기 위해서는 어떻게 해야 할까 고민했어요.
우선 저에게 때가 있다는 사실을 인정해야 하고, 가만히 들여다봐야 하더라고요. 어디에 때가 많은지, 어떤 때인지 자세히 볼 필요가 있죠.

나의 욕심, 편견, 시기, 미움, 원망…. 켜켜이 쌓인 앙금과 오래 묵은 때는 냉탕 온탕을 여러 번 왔다 갔다 하면서 오래 불려야겠지요. 그리고 나서 꼼꼼히 밀고 털어내는 작업이 필요할 겁니다. 때로는 깨달음을 주는 명상으로, 때로는 솟구치는 회한의 눈물로, 참회의 기도로 말이지요. 때를 미는 동안은 아파도 참아야 합니다. 그래야 깨끗한 피부가 드러날 테니까요. 하지만 가끔은 자신에 대한 연민도 필요한 것 같습니다. 피부가 벗겨지지 않도록 조심스럽게 때를 밀어야 하는 부위도 있으니까요.

벗기고 벗기면 개운하고 보드라운 피부를 갖게 되듯이 비우고 또 비우면 날아갈 듯 가볍고 투명한 날개를 가진 마음이 결국 드러나겠지요.

이해와
공감 너머로

어머니,

상대를 이해하는 것도 쉬운 일은 아니지만, 정말 그게 다일까요?

이해받았다는 안도감을 느낄 수는 있겠지만, 좀 더 도움이 될 수는 없을까요? 정말 이해했다는 것만으로 최선이었을까요? 저는 상대를 공감해 주는 것만으로는 성에 안 차는 사람인가 봐요.

'그랬구나. 그렇다면 이런 식으로 살아보면 어떻겠니?' 하면서 눈에 보이는 대책을 마련해줘야 상대의 고통을 진정으로 이해하는 것으로 생각하는 것 같아요.

그래서 아프리카 사람들을 돕는 희망고가 만들어졌나 봐요.

솔직해서
불편한

어머니,

고등학교 때 표현이 솔직한 친구를 좋아한 적이 있습니다.

생각하는 것을 숨기지 않고 거침없이 표현하는 그 친구가 자유로워 보였고 멋있다고 생각한 것이죠. 그런데 시간이 흐르자 점점 불편함이 느껴졌습니다. 솔직하다 보니 말을 함부로 해서 상대의 마음을 아프게 하곤 한 것입니다. 상대에게 상처 주는 솔직함을 자유로움이라고 말할 수 있을까요.

솔직함도 상대방을 배려해서 적절하게 절제할 줄 알아야 하지 않을까 싶습니다. 솔직한 표현도 상대를 공격하는 말이 되지 않도록 배려하는 마음이 있을 때 멋있어 보이는 것 같습니다.

촛불
하나

어머니,

살다 보면 화를 이기지 못하고 얼굴이 일그러질 때가 있어요. 그럴 땐 마음에서 불길이 올라오기도 하고 거센 파도가 일어나기도 합니다.

시도 때도 없이 비바람이 몰아칠 때 저를 지키기 위해 할 수 있는 일은 마음에 가만히 촛불 하나 켜는 것입니다. 조금만 크게 말해도, 작은 분노에도 쉽게 흔들려 사그라지는 촛불을 꺼뜨리지 않으려면 조용조용 말하고, 조심조심 걸어야 합니다.

그러다 보면 촛불이 저 대신 눈물 흘리며 저의 분노와 화, 억울함을 녹여주겠지요. 그 모습을 상상하며 마음을 가만가만 달래봅니다.

제비꽃

어머니,

　마음이 삭막하고 황폐해진 날은 어찌할 바 모르는 마음속에 제가 제일 예뻐하는 보라색 제비꽃을 하나 심습니다. 돌담길에, 담장 밑에 살포시 피어나 봄을 가장 먼저 알리는 소박한 풀꽃.

마음에 심은 제비꽃은 누구도 돌봐줄 사람 없어 온전히 저 혼자 돌봐야 합니다. 행여 게으름이나 무심함 때문에 시들지 않도록 물을 주고 정성스럽게 잎을 따주는 사이 황폐해진 제 마음이 다시 촉촉해집니다.

제비꽃 가꾸는 하루가, 위로가 됩니다. 풀꽃 한 뿌리 가꾸는 하루하루가 모여 한시름을 물리치고 풍성한 제비꽃 다발을 만들게 됩니다.

말

좋은 일은 더 좋게 보고

안 좋은 일은 못 본 듯 눈감아 주고,

좋은 말은 더 좋게 듣고

안 좋은 말은 못 들은 듯 흘려듣거라.

말이
곧 행동

어머니,

몇 년 전 무릎 수술을 하고 병원에 입원해 있던 때였어요.

새벽녘 막 떠오르는 황홀한 여명을 보면서 불현듯 떠오른 성경 구절이 하나 있었죠. "빛이 있으라 하시니 빛이 있었고…."

멍하게 누워있던 제 머리에 갑자기 섬광이 꽂히는 느낌이었어요. 아, 우리 인간에게 필요한 만물과 생명이 모두 말씀으로 창조된 거였구나! 하나님의 말씀은, 쓰거나 듣거나 보는 것에 그치지 않는 행동이구나!

우리가 하는 말도 그래야 할 것 같다는 생각이 들었어요. 우리 인간들도 상대를 살리는 말을 해야지 상대의 마음을 해치고 생명력을 죽이는 말을 해서는 안 되겠구나, 하는 데까지 생각이 이르렀습니다.

그 후로 '말'이란 것이 늘 저의 화두가 되었습니다. 말을 어떻게 하는 게 좋을까 자주 고민하게 된 거예요. 말은 한 번 발설하면 구체적인 영향력을 미치게 되고, 결국 그 말에 대한 책임이 저한테 돌아오게 되니까요. 그러다 얼마 전 성경에서 마음에 쏙 드는 구절을 또 하나 발견했어요.

"너희 말을 항상 은혜 가운데서 소금으로 맛을 냄과 같이 하라."

음식이 짜지도 싱겁지도 않게 주의 깊게 간을 맞추듯, 단어 하나하나 조심스럽게 간을 맞춰 맛깔스러운 맛을 낼 수 있는 저만의 레시피를 만들어야겠어요.

말하기가
참 힘들어요

어머니,
저는 평생, 말하기가 어렵고 부담스러운 일이었어요.

말하고 난 뒤에는 후회와 피곤함이 몰려와 쩔쩔매게 되고 턱관절까지
아파지곤 했죠. 일단 말을 꺼내면 제가 한 말에 대해 책임지고 실천해야
한다는 생각에 마음이 무거워집니다.

어린 시절 제가 본 어머니는 신앙생활이나 믿음을 말보다는 행동으로
보여주셨던 분이었거든요. 누가 알아주지 않아도 상관하지 않고 말없
이 실천하시던 모습을 저는 '행동하는 자의 아름다운 침묵'이라고 이름
붙이고 싶어요.

고등학생일 때 엉뚱하게도 저는 말이 공허하다고 느껴져서 한동안 혼자서 침묵 훈련이란 걸 했어요. 도회지에 나와 생활하면서 세상에 넘쳐나는 말들이 참으로 의미 없다고 느껴져서 말을 참아보자는 각오였죠.

진실하지 않은 말이 세상에 넘쳐나고 그것이 사람들을 지치고 힘들게 합니다. 제가 했던 말도 사람들에게 온전히 전달되지는 않았던 것 같습니다. 아무리 진심을 담아 말해도, 좋은 뜻을 전달해도 그 말이 잘못 해석되어 제 가슴을 후벼파는 고통의 화살로 되돌아오곤 했습니다.

이럴 땐 다 저의 표현이 서툴고, 조리 있게 전달하지 못한 결과라고 생각합니다. 도대체 말이란 무엇이며 어떻게 표현해야 상대도 살리고 나도 살 수 있는 생명의 말이 될지 다시 곰곰 생각해보게 됩니다.

미안하다는
말

어머니,

큰아들 준기가 유학 가 있는 동안 수백 통의 편지를 썼습니다.

교육이랍시고 이건 이래야 한다, 이럴 땐 이러면 안 된다고 하는 수많은 잔소리와 당부를 담아서.

그렇지만 답장을 받는 일은 하늘의 별 따기였습니다. 행여나 오늘 답장이 올까, 내일은 올까 조바심하며 답장을 기다리는 일이 많았습니다.

드디어 받은 아들의 답장에, '엄마 미안해'라고 씌어 있으면 얼마나 기뻤던지. 그런데 나중에 깨닫게 된 사실이 있습니다, '미안해'에는 숨겨진 두 가지 의미가 있다는 것을.

'정말 미안해. 다음엔 잘할게'이거나 '정말 미안해. 그런데 그렇게는 못할 거 같아.'

그러니 숨겨진 뒷말을 잘 해석해야 하더라고요.

침묵이
미덕일까

어머니,

사람들에게 너무 가까이 다가가지 않되, 어떻게 사람을 사랑하며 살아야 하는지 저 자신에게 묻곤 합니다.

평생 침묵을 과묵함, 신중함으로 생각하며 살아왔지만, 돌이켜보면 말을 하지 않는 것이 미덕만은 아닌 것 같습니다. 말을 해야 할 때 침묵했고, 침묵해야 할 때 오히려 불필요한 말을 많이 함으로써 오해는 증폭되고 복잡하게 얽히게 되곤 한 것 같아요.

말해야 할 때 입을 열고, 침묵해야 할 때 입을 다무는 것, 그런 지혜가 제게 필요했습니다.

뒷말은
안 붙이는 게

어머니,

요 며칠 불안하고 짜증이 났었어요.

내 마음에 평화가 찾아오게 하려면 무엇이 필요할까 궁리하다가 남편
에게 물었죠. "살아가면서 우리에게 가장 필요한 게 뭘까?" 그러자 남편
이 '공감'이라고 한마디로 대답하네요.

제가 요즘 공감을 받고 싶었나 봅니다. 사람들이 마음의 갈등으로 힘들
어할 때 상대가 내 말을 들어주지 않거나 심지어 잘못을 지적당하면 고
통은 증폭되지요. 설사 제가 틀렸더라도 '그럴 수도 있겠다'라거나 '그
래, 그 마음 알겠다'라는 공감의 말을 상대가 해준다면 금방 위안을 얻
게 됩니다. 시간이 좀 지나면 저의 잘못을 깨달을 수도 있고요.

우리 아이들이나 직원들의 말이 잘못되었더라도 그 자리에서 충고하거나 지적하는 대신 먼저 공감해줘야겠다고 다짐해 봅니다. 그리고 마음속으로 중얼거립니다.

"그래, 그래. 그랬구나. 정말 속상했겠구나…."

그러곤 무슨 말이든 뒷말은 안 붙이는 게 좋다는 생각이 듭니다.

24시간 안에
말하기

어머니,

우리 집 대화의 원칙은 모든 불평불만을 24시간 안에 말하기에요. 털어놓은 이야기에 대해서는 끝까지 따지고 가려서 함께 해결해야 하지요. 이 과정에 포기란 없습니다.

가족이라는 이름 아래서 우리는 서로 사랑해야 한다는 의무를 지고 살아갑니다. 그런데 가끔 사랑을 의심할 수밖에 없는 감정이 치밀어 오를 때가 있죠. 가장 가깝고 소중한 사람이니 가장 잘 이해하고 있어야 하는데 서로를 너무 몰라서 마음 다치고 아파하며 살아가는 것입니다.

가족이 서로 위로해 주고, 감정을 풀어주는 방법을 배우고 나눴으면 좋겠다는 생각이 듭니다. 가족이 힘들어하는데 그냥 멀거니 바라보고 있는 게 싫었습니다. 제가 누군가를 위해 존재해야 한다면, 당연히 첫 번째가 우리 아들들과 남편이니까요.

섭섭하거나 서운함을 느낄 때일수록 서로에게 더 많은, 그리고 더 세심한 관심이 필요하다고 생각합니다. 그래서 저는 가족들에게 계속 묻고 또 말해줍니다.

남편이 화났을 때 어떻게 하면 빨리 풀릴까?
아들이 힘들고 슬퍼할 때는 무슨 말로 위로해 주면 좋을까?
그리고 엄마가 속상해할 때는 이렇게 해주면 돼.

그렇게 투쟁하듯 몇십 년을 반복하다 보니 우리 가족들에게 어느 정도 안정과 평화가 찾아온 것 같아요. 가족들도 그렇게 느끼는지 물어봐야 겠어요. 저 혼자만의 착각일 수 있으니까요. 하하

말 폭탄을
맞을 때

어머니,

사람이 많은 말을 하다 보면 본의 아니게 다른 사람들에게 깊은 상처를 주기도 하는 것 같습니다.

불필요한 말, 감정을 억제하지 못해 내뱉은 독한 말로 돌이킬 수 없는 크고 작은 문제들이 많이 생겨요.
자신은 진실만을 말한다며, 자신의 말은 남들보다 훨씬 더 가치 있다고 내세우며, 자신이 얼마나 정확한 사람인지 우기면서 자신의 말에 얼마나 많은 허위와 오류가 있는지 돌아보려고 하지 않는 사람들이 꽤 많아요.

그런 사람들을 상대할 때는 거짓된 말폭탄을 그대로 맞으면서 제 가슴은 불길 속에 뛰어든 것처럼 활활 타오르는 것 같아요. 저의 결백을 증명해 보이는 건 저의 어눌한 화법으로는 아예 불가능한 듯해요. 저는 그저 타오르는 불길 속에서 제 고통의 응어리가 재로 남을 때까지 기다리는 수밖에 없습니다.

어머니는 그런 말도 안 되는 말을 고집하는 사람들을 만날 때면, 익숙한 미소를 입가에 지으시며 "허허, 내가 웃는다"라는 한 마디로 넘기곤 하셨지요. 어떻게 그렇게 웃어넘기실 수 있는지 물으면 "몰라. 물어보지 마." 하고 입을 다무셨지요.

그런 어머니의 내공이 제겐 언제 만들어질 수 있을까요? 저는 아직도 억울하고 분한 마음을 억제하지 못하는 소인배입니다.

말 없이도
통할 수 있는

어머니,

살아가면서 저의 서투른 말이 늘 문제가 되네요.

말을 많이 하며 살지 않은 저는 몇 마디 말을 간신히 건네며 상대가 다
이해해주기를 간절히 바라지만, 그렇게 해서는 결코 이해받을 수 없었
습니다. 상대에게서 엉뚱한 대답이 나오면 가슴이 미어지도록 아프곤
했지요.

말하지 않기를 선택하기도 했습니다. 침묵이 진정한 말이 되어 전달될
수 있기를 기다렸지만, 그 기다림 또한 허사가 되곤 했습니다. 듣는 사
람이 자신의 편견이나 선입견으로 제 말을 이해하고 받아들이니, 말도
침묵도 모두 오해만 일으켰습니다. 결국은 시간이 많이 흘러 자신이 직
접 경험하고 아파봐야 그때 제 얘기를 이해하겠지 하고 위로해보지만,
아무튼 저에게 말하기는 정말 힘든 일이었습니다.

살면 살수록 말이 통하는 사람을 만난다는 게 큰 축복이라는 생각이
듭니다. 저의 서투른 말을 잘 이해해주고, 거기다 숨은 뜻까지 알아주
는 그런 사람을 만나 이야기 나눌 수 있다면 그보다 더 큰 기쁨이 있을
까요.

말 속에
담긴 마음

어머니,

저 스스로 경험하고 극복해낸 일에 대해서 수다스럽지 않게, 차분하고 담담하게 말하고 싶을 때가 있어요.

하지만 마음속에 담긴 모든 것을 말로 표현하기란 정말 어려운 일이에요. 말을 하고 나선 상대가 내 말을 제대로 이해했을까, 이렇게 저렇게 제대로 말할 걸 하면서 전전긍긍할 때가 많아요. 듣는 사람은 자기 식으로 받아들이고 이해하는 경우가 많으니까요. 시간이 흘러 직접 겪어본 후에야 아, 그때 그 말이 이거였구나…, 하면서 이해하게 되겠지요.

저도 상대의 말을 들을 때, 그 사람의 마음을 얼마나 제대로 이해했는지 돌아보게 됩니다. 가까운 사람들에게 제 마음을 몰라준다고 서운해했던 저의 부족함을 조금씩 알아차리고, 미안한 마음으로 주변 사람을 둘러봅니다.

나이 들수록
온화하게

어머니,

오랜만에 둘째 아들과 저녁을 먹었어요.

불철주야 바쁘게, 최선을 다해 사는 아들과 두런두런 얘기를 나누다 문득 제 모습이 보였어요.

이제 나이 들었다고, 긴 세월 살아봤다고 그런 걸까요? 세상사 다 안다는 듯 단정적으로 툭툭 던지는 제 말투에서 스스로 사나움을 느끼며 섬뜩해졌습니다. 예전에는 조심스럽게, 온화하고 부드럽게 말하려고 애썼는데, 어느새 오랜 경험으로 내린 진리라도 된 듯이 강하게 뭔가를 주장하고 있었네요.

그런 저 자신이 무섭고 싫어졌습니다. 아들이 내심 내 이야기를 힘들어하지 않았을까, 자리에서 일어나고 싶지 않았을까 생각되어 부끄러웠어요.

이불 뒤집어쓰고 무척 후회했습니다.

두더지 잡기
놀이

어머니,

글쓰기를 시작했어요.

칠십 년 오랜 세월 아무렇게나 꾸깃꾸깃 구겨서 휴지통에 집어 던져 쌓아놨던 낡은 생각, 묵은 아픔들을 깔끔하게 비워버리고 정리하는 법을 배우고 싶어서요.

사는 동안 정신적으로든 육체적으로든 아픔이 아픔인지도 모른 채 너무 오랫동안 눌러두었기에 이놈들을 끄집어내기가 무척 두려웠어요.

하지만 마치 용수철 달린 두더지 잡기 게임처럼 문득문득 이 녀석들이 튀어나오니, 이제는 그 애들이 말하게 해줘야겠더라고요.

문제는 이런 두더지가 튀어나올 땐 어떤 단어로 다스려야 할지, 저런 두더지는 어떤 말로 달래야 할지, 아니면 때려잡아야 하는지 막막한 거죠.

마음에 담긴 것을 시원하게 표현할 수 있는 적절한 말을 찾아낼 수 있다면 훨훨 날 것 같은데 도대체 얼마나 더 두드리고 흔들어야 그게 가능할지 모르겠습니다.

고통

사람은 사람을 먹고산다.

사람은 먹을 것이 없어도 살지만,

먹을 사람이 없으면 죽는다.

너는 사람에게 먹혀 봤느냐?

깊이에
대하여

어머니,

젊은 시절엔 겉멋이 들었던지, 깊이 있는 사람, 무게
있는 사람을 꿈꿨답니다.

패션디자이너가 되어서 작품을 할 때도 깊이 있는 옷, 무게가 느껴지는
옷을 만들고 싶어 고군분투하며, 재단도, 바느질도, 디자인도, 까다로운
방식으로만 작업했죠. 파리의 오트 쿠튀르 디자이너도, 잠자리 날개처
럼 섬세하게 짠 레이스와 시폰에 핀턱 주름을 이용해 만든 저의 섬세한
작품을 보고 놀라 주문해 가곤 했어요.

나는 왜 이렇게 힘들게 살까? 옷을 만들 때 왜 이렇게 힘든 방법을 고수
할까? 곰곰 생각하다가 이런 결론에 이르게 됐습니다.
깊이란 것은 파야만 생기는 것이다. 깊이를 추구하는 한 파야 하니 아픈
게 당연하고, 더 깊게 파고 들어가 더욱 아파할 때 내 작품이나 내 삶의
완성도가 더욱 높아지겠구나. 더 큰 짐들이 더 큰 무게로 나를 누를 때,

그래서 내가 더 큰 무게감을 느끼게 될 때 비로소 내가 추구하는 나, 내가 만들고 싶은 옷들이 만들어지겠구나.

생각이 여기에 이르자 아픔과 고통을 기꺼이 받아들이게 됐습니다. 고통스럽게 완성한 작품이라야 제가 만족할 수 있는 옷이 되었으니까요. 이제 저는 더 이상 나의 아픔이나 고통에 대해 문제를 제기하지 않습니다. '내가 왜 이렇게 고통스럽지?', '왜 이토록 힘들지?' 하고 묻지 않습니다.

고통을
먹고산다

어머니,

제가 좋아하는 예술작품들은 대부분 묵직하고 깊이감이 느껴지는 것들이에요. 마크 로스코의 작품처럼 피와 눈물의 결정체라는 느낌이 느껴지는 작품을 참 좋아하지요.

전시장의 그림을 감상할 때도 마음이 끌려서 자연스럽게 걸음을 멈추게 되는 작품은 대체로 작가의 혼신의 노력이 느껴지는 작품입니다. 저는 예술가의 피와 땀, 눈물이 배인 작품을 좋아하나 봅니다.

완벽함이란 더 이상 더할 것이 없을 때가 아니라 더 이상 뺄 것이 없을 때 이루어진다는 생텍쥐페리의 말처럼, 다듬고 또 다듬어 차분하고 안정감 있게 자리잡힌 작품은 저를 기쁘게 해요.

옷을 만들 때 저도 그렇게 하려고 애썼어요. 패션쇼를 할 때는 제가 완전히 만족할 때까지, 힘이 완전히 소진될 때까지 가봉에 가봉을 반복했습니다. 제가 만든 옷을 접한 고객들이 저의 땀과 눈물의 흔적을 발견할 수 있도록 말이에요.

패션쇼에서 고객이 드실 식사메뉴는 물론이고, 테이블 위의 냅킨 한 장 소홀히 할 수가 없었습니다. 옷을 만들든, 그 무엇을 하든 쉽게 하지 말자고 다짐했습니다.

패션쇼를 마치고 온몸에 있는 에너지를 모두 소진했다고 느껴야만 덜 불안했고, 안심됐습니다. 고객들의 칭찬이나 지인의 평가에는 크게 신경 쓰지 않았지만, 온 힘을 기울였는가 하는 저 자신에 대한 저의 평가가 중요했던 것 같습니다.

사람들은
피와 눈물을 원한다

어머니,

혼신의 힘을 다하던 사람들도 절정의 순간에 이르게 되면 힘이 빠지나 봐요. 더 이상 고생스럽게 살고 싶지 않기 때문이겠죠.

위대한 예술작품은 대부분 열악하고 고단한 환경에서 고통을 먹고 만들어지는데, 작가가 경제적으로 여유가 생기면 더는 그런 작품을 만들기가 쉽지 않은 거지요. 그렇다고 작품을 위해서 또다시 가난과 소외라는 고통의 늪으로 자발적으로 되돌아가기는 힘들 겁니다. 그들도 인간이니까요.

사람들은 본능적으로 다른 누군가의 피와 눈물을 원하는 것 같아요. 그의 작품에 더 이상 치열함이 보이지 않으면, 피와 땀의 냄새가 느껴지지 않으면, 외면당하거나 사랑받지 못합니다.

안타까운 일이지요.

타고난 성격을
어쩌라고

어머니,

오늘 남편에게 또 한 소리를 듣고야 말았어요.

"언제까지 그렇게 살 거야? 상대방 입장만 먼저 생각해주다가 결국에는 당하고 말잖아." 그러면서 남편이 재차 물어요.

"도대체 언제까지 그럴 거야?"

"이제 뭐…, 나이도 적지 않으니 앞으로 몇 번만 더 당하면 되지 않을까?" 이런 농담을 혼잣말로 중얼거리다 말았어요.

어머니, 저는 알아요.

남편이 아무리 여러 번 충고해도 저의 타고난 성격을 고치진 못할 거예요. 남한테 지독한 마음의 상처를 입더라도, 어떻게 이렇게 심하게 굴 수 있냐고 따지기는커녕 차마 묻지도 못할 거예요.

분명 이번에도, 그게 인간의 한계지, 또 무슨 사정이 있었을 거야, 하면서 저의 쓰라린 마음을 다독이겠죠.

좁혀지지 않는
마음의 거리

어머니,

아무리 애를 써도 좁혀지지 않는 마음의 거리는 어떻게 해야 할까요? 포기해야 할까요?

그 정도면 당연히 관계를 끊어야지! 사람들은 이렇게 말하겠지만, 세상에는 가족만큼 가까운 사람이나 형제처럼 끊을 수 없는 관계도 많잖아요.

"일흔 번씩 일곱 번이라도 용서하라"라는 성경의 말씀을 떠올리며 저는 마음 아파하면서 다시 또다시 손을 내밀어 보지만, 한편으로는 이런 태도가 옳은 걸까, 오히려 상대의 잘못된 버릇을 우회적으로 두둔하는 건 아닐까, 저 자신에게 물어봅니다.
모든 걸 포기하고 싶을 때도 있지만, 손을 놓으면 상대가 나락으로 떨어질 것 같은 두려움에 여전히 그의 손을 쥐고 있습니다.

그래도 다 살아! 사람들은 또 그렇게 말합니다. 그래도 제 마음 한구석에서 이런 속삭임이 있습니다. 내가 한 번만 더 참고 받아주면, 그러면 끝내 내 마음을 알아주지 않을까.

어쩌면 그를 위해서가 아니라 나를 위해서, 내 마음이 편해지고 싶어서 그를 붙잡고 있습니다.

스스로
고요해질 때까지

어머니,

남편이 제게, 젊었을 때는 1년에 한 번도 화내는 걸 못 봤는데, 요즘은 짜증 내는 모습을 가끔 보게 된다며 핀잔을 줍니다.

젊었을 땐 어떤 일에도 전혀 화가 나지 않았고, 사람들이 왜 화를 내는지도 의아했는데 그때는 무슨 힘이 있어 그랬을까요? 나이가 들어 편안해져야 하는 지금은 오히려 별것 아닌 일로도 사람들에게 서운한 감정을 드러내거나 화를 내는 편협하고 속 좁은 사람이 되곤 합니다.

그런 저를 보는 것도 지쳤답니다.
억울하고 쓰라린 마음에 울분을 다스리지 못해 뭘 어쩌지도 못한 채 그냥 멍하게 있을 때가 있어요. 쓸데없는 시간 낭비, 에너지 낭비만 하고 있다는 생각에 속상함은 더 커져갑니다.

그러다 보면 제가 더 큰 화를 입고, 더 크게 다치게 되고, 결국 무너지는 게임을 하고 있더라고요. 그래서 어머니가 끝까지 참아보라고, 참는 게 성공의 근본이라고 말씀해 주셨나 봐요.

얼마만큼 더 많은 훈련과 수행을 거쳐야 스스로 고요한 마음이 될지 오늘도 큰 숙제를 안고 잠을 청해봅니다.

내마음을
몰라줄때

어머니,

사람들은 자기가 베푼 사랑을 상대가 몰라준다고 생
각할 때 힘들어하는 것 같아요.

이보다 더할 수는 없을 거야, 하는 마음으로 베풀었는데도 시큰둥한 반
응을 보이거나 아주 당연한 것처럼 여길 때 가슴에 묵직한 통증이 느껴
집니다. 나의 진심을 믿어주지 않으니까, 진심을 증명시켜 줄 방법도 없
으니 억울함만 커지고요.

큰아들은 제게 "엄마는 마음을 잘 표현도 하지 않고 아무리 어려워도
힘든 내색을 하는 법도 없으니까 상대방이 고마운지 모르는 거야"라고
말하곤 합니다. 말하지 않아도 서로의 입장을 깊이 이해할 수 있는 관계
가 우리에게도 가능할까요?
어떻게 해도 좁혀지지 않는 마음은 간절한 기도만 붙들게 합니다.

켜켜이
쌓여온 통증

어머니,

저는 요즘 아주 작은 일에도 감정을 다스리지 못하고
머리가 자꾸 어지러워져요.

젊었을 땐 어떤 어려운 상황에서도 감정을 통제할 힘이 있어서 사람들
에게 들키지 않고 넘어가곤 했는데, 나이가 들어서는 몸이 먼저 반응하
네요, 참기 싫다고. 사소한 어려움에도 참거나 타협하지 않고, 곧바로
통증을 호소하려 들어요.

오랜 시간 무시했던 그 통증이 저도 모르는 사이 어딘가에 차곡차곡 쌓
여 있었던 거더라고요. 그러다가 한꺼번에 불쑥 튀어나와 항의하곤 해
요. 어느 날 갑자기 작은 자극에도 들고 일어나 아우성치다가 몸의 어느
한구석에 탈이 나기도 하고요.
그래서 요즘은 긴 호흡으로 마음을 추스르며 통증을 살살 어루만져서
달래주는 연습을 하곤 합니다.

내가
뭐라고

어머니,

한창 전성기였던 사십 대 초반에 마음고생이 참 심했던 적이 있었다고 했잖아요.

억울한 누명을 쓰고 그걸 벗어나기 위해 발버둥 치던 그 시절, 매일매일 사건 사고가 끊이지 않았죠. 오늘은 또 무슨 일이 일어날까? 두려움에 전전긍긍했던 시절이 있었어요.

존경하는 강원용 목사님이 살아생전 이런 말씀을 제게 하셨어요. "네가 겪은 일이 그 어떤 경우보다 가혹할 텐데 내 앞에서 이렇게 웃고 있으니, 그저 기가 막힌다"고요.

고통스러워 쩔쩔매는 저 자신에게 어머니가 하신 말씀을 수없이 되뇌었어요.
네가 뭐라고 너는 아니어야 한다고 생각하는 거니?

다른 사람이 당하는 고통에는 뭔가 이유가 있겠지 판단하면서, 왜 네게 일어나는 일에는 억울하고 분해서 어쩔 줄 모르는 거니?

생각이 여기에 이르니 저의 억울함이 작게 느껴졌어요. 그리고 마음이 조금 편안해졌지요. 오히려 이런 억울함을 벗을 힘과 지혜를 주신 것을 감사하게 됐어요.

마음의
맷집

어머니,

성격에 맞지도 않는, 사업이라는 걸 40년이나 하면서 사람이 겪을 수 있는 많은 일을 다 겪다 보니 상처투성이가 됐어요.

고통스러울 때마다 심장에 구멍이 숭숭 뚫리는 것 같은 심정이었어요. 상처가 아물기도 전에 또 상처를 입으니 이젠 몸도 그러려니 버티면서 또 저절로 아물기도 하지요. 저의 몸은 상처가 아문 자리투성이에요. 저의 이런 내공을 '맷집'이라고 말하곤 해요. 제가 제일 잘하는 게 고통을 견뎌내는 일인 것 같아요. 한 마디로 맷집이 키워진 거죠.

고통을 견디며 주기적으로 운동을 하면 멋있는 근육이 생겨나듯이 마음의 근육도 비슷하게 만들어지잖아요. 마음의 상처를 이겨내고 또 이겨내면 단단한 마음의 근육이 생겨나 큰 상처나 아픔도 거뜬히 이겨낼 수 있게 되더라고요. 그러니 어린 시절부터 견뎌낼 수 있는 작은 고통을 겪어보는 게 중요할 거 같아요.

그래서 이런저런 일을 하다 결국 희망고 일을, 그것도 아프리카 오지의 한센인을 돌보라는 숙제를 맡게 되었나 봐요.

살면서 절감하는 건데 마음의 맷집을 키우는 게 마음의 평화를 지키는 지름길인 것 같아요.

다 지나가긴
하지만

어머니,

오래전 제가 제일 좋아하던 고객 한 분에게 아이들
교육에 관해 여쭤본 적이 있어요.

그분의 자녀들이 정말 성숙하고 독립적으로 성장했다는 걸 익히 알고
있었기 때문이에요. 그런데 그분이 이런 대답을 해주셨어요.
"불에 데어봐야 뜨거움의 고통을 알고, 칼에 베여 봐야 그게 얼마나 위
험한지 알게 돼요. 그래서 어렸을 때부터 고생스러운 일이라도 가능하
면 뭐든 그냥 하도록 내버려 뒀답니다. 결국 자기가 경험해야 아프면 알
아서 피하고 극복하는 법도 배우더라고요."

고난은 그만큼 사람을 성장시키는 훌륭한 체험인 거예요. 저 역시 고난을
통해서 삶에 대해 많이 이해했던 것 같아요. 사람들이 얼마나 다양한지,
인생이 얼마나 뜻하지 않은 일들을 몰고 오는지, 웃으며 기억을 떠올릴
수 있을 만큼 저 자신이 강해진 것도 다 고난 덕분이에요. 가끔은 그 긴 터

널을 지나왔다는 게 자랑스럽기도 하고요.

하지만 솔직히 고백하는데 고통은 여전히 괴로워요. 그래서 더 성숙해지는 건 이젠 사양하고 싶다고 농담처럼 말해요. 다시는 그 고통스러운 터널에 들어가고 싶지 않다고, 그 긴 터널 안에서 얼마나 많이 울었는지, 얼마나 인내해야 했는지 알기에 다시는 겪고 싶지 않다고요.

사람들은 아무리 힘든 일이어도 다 지나가기 마련이라고 말하지만, 지나가기까지 그 과정이 심히 어렵고 피하고만 싶은 거잖아요.

"이 또한 지나가리라.", "마음을 돌리면 모든 것이 달라 보인다." 등등. 이런 말들은 아픔을 부채질합니다.

무엇보다 그 말이 그간의 아픔을, 당장의 아픔을 위로해 주지 못합니다. 그 아픔이 지나갈 때까지 견뎌내야 하는 시간은 당연히 고통스럽고, 게다가 여간해서는 끝날 것 같지 않을 때는 더욱 그렇습니다. 그래서 너무 힘들다고 주저앉으려는 사람한테 '다 지나가기 마련이야'라고 말하는 대신 무조건 위로하고 이해해주고 싶네요.

상처를 감당할
저장고

어머니,

젊은 시절에는 '상처받았다'라는 표현을 싫어했어요.

'마음의 상처'라는 것은 주관적인 생각일 뿐 어떻게 생각하느냐에 따라 상처가 아닐 수도 있으니까요. 더욱이 '상처받았다'라고 말할 때, 상처를 준 사람을 상정하게 되는데 그 또한 주관적이라고 생각했던 것 같습니다.

조금 나이가 들어서는 상처 입었다고 말하면서 상처를 치료하려고 노력하지 않는 게 문제라고 생각하기도 했습니다. 몸에 난 작은 상처는 즉시 소독하고 약을 바르고 치료하면서 왜 마음의 상처는 치료하지 않나, 왜 상처가 났는지 알아보지 않고 상처를 버려둔 채 악화시키나, 그런 의아함이 있었죠.

그렇게 생각하며 살 수 있었던 것은 제가 상처에 둔감했거나 아니면 상처에 내성이 있었기 때문인 것 같습니다.

노년을 준비해야 하는 나이에 이르니 마음의 상처를 감당할 저장고가 줄어든 것 같아요. 작은 일에도 마음이 예민하게 반응하는 걸 보니. 상처가 있다는 것, 상처를 입었다는 것을 인정해줘야겠네, 하는 생각이 듭니다.

그러다 보니, 상처 입은 사람들을 제대로 위로하지 못한 것이 미안하기도 합니다.

스스로 아무는
상처들

어머니,
'힐링'이란 말을 참 많이 하는 시대입니다.

그만큼 마음의 상처가 많고, 또 우리가 상처에 민감해졌기 때문일 거예요. 제 주위 사람들을 보더라도 마치 힐링을 위해 사는 것 같아요.
상처받았다. 힐링이 필요하다. 힐링을 위해서는 뭘 해야 하고, 또 어디를 가야 좋다더라…. 이런 정보가 넘쳐나는 시대입니다. 힐링도 이렇게 돈 들여야 하는 게 되다 보니 조심스러운 말이지만 힐링 역시 가진 자들의 것인 듯합니다. 힐링의 대열에 끼어들 경제적, 시간적 여유가 없는 사람들은 자신의 상처를 더 크고 아프게 느낄 것 같습니다.

그런데 살아보니 스스로 아무는 상처가 적지 않더라고요. 내 아픔을 감싸 안고 보듬다 보면 저절로 아물어가는 자연치유가 많으니 그 방법을 연습해 보라 권하고 싶어요.

어머니도 아시겠지만 제게도 상처의 흔적이 참 많습니다. 상처가 처음 생겨 염증으로 도질 때는 몸과 마음이 지글지글 타는 것처럼 아프기도 했습니다. 특별한 치유법을 몰랐던 저는 와인이 숙성해가는 과정이라고 생각하면서 버티곤 했어요. 속에서 부글부글 끓는 과정을 거치고 나면 향이 깊고 풍부한 와인 한 모금은 되겠구나, 생각하면서요. 반대로 그 과정을 견디지 못하면 형편없는 와인이 되겠지요.

고통을 잊으려고 하거나 외면한 적은 없었던 것 같아요. 아픔이 올라왔다가 저절로 사그라지는 과정을 수없이 겪었기 때문인 것 같습니다. 시간을 갖고, 오래 기다려주면서 상처와 고통이 저절로 아물도록 하면 어떨까요? 아물면서 남은 흔적을 내 삶을 견뎌낸 덧살이라고 생각하는 건요?

고통을 받아들일 때 상처가 아니라 근육이 만들어지는 거더라고요.

인생 스토리의
핵심주제

어머니,

이 늦은 나이에 글쓰기를 하다 보니, 제가 쓴 글의 주제가 대부분 고통에 관한 것이었어요.

왜 그럴까 생각해봤는데, 결국은 고통이 제 인생 이야기의 핵심이었다는 것을 깨닫게 됐습니다.

옛날이야기나 로맨스 영화 같은 데서는 남녀가 어렵게 만나 그 후론 행복하게 잘 살았습니다, 대부분 그렇게 끝을 맺지요. 행복하게 살기까지 얼마나 많은 어려움과 고통을 넘고 넘어야 하는가를 말해주고 싶었겠죠. 하지만 진정한 고통은 그때부터, 남녀가 만나 행복한 듯 결합한 때부터 시작된다는 것, 사람들은 다 알고 있지 않을까요.

우리 인생에서 행복은 찰나이고 고통은 오래 남는 것 같아요. 사실 생로병사라는 말을 봐도 생(生) 말고는 다 고통스러운 일들이잖아요. 우리가 살면서 무지개 뜨는 날을 보는 건 평생 손꼽을 정도이고, 더구나 쌍무지개를 직접 보는 건 일생에 한 번 볼 수 있을까 하는 일일 거예요. 결국, 인간의 인생 스토리는 고통이 핵심주제인 게 맞는 거 같습니다.

그러니 고통을 대하는 태도가 가장 중요한 것 같아요. 우리에게 닥친 고통을 외면하지 않고 깊게 받아들일수록 생각이 깊은 사람이 될 수 있을 거 같아요.

"인생은 가까이서 보면 비극, 멀리서 보면 희극"이라는 찰리 채플린의 말을 떠올려보며 스스로 위안해봅니다.

얼마나
더 아파야

어머니,

　말도 안 되는 이유로 갈등을 키우면서 우리는 얼마나 많은 것들을 잃고 있는 걸까요?

준 만큼 받지 못했다든지 오래전 상처를 잊지 못하고 억울해하면서 그 사소한 갈등 때문에 한 발짝도 앞으로 나아가지 못하고 멈춰 있을 때가 많아요. 얼마나 큰 손실이고 낭비인지 모르겠어요.

마음과 마음이 진심으로 만날 수 있다면 함께할 수 있는 게 무한히 많을 텐데, 왜 이렇게도 만나는 게 하늘의 별 따기만큼 힘든 걸까요. 얼마나 더 아파야, 얼마나 더 큰 상처를 주고받아야 우리가 만날 수 있을까요.

사랑이 커져서 크고 작은 갈등을 이길 수 있는 날이 오기를 기대해 봅니다.

용기

뒤돌아보면 지난 세월은 모두

대견하고 기특하고 신통했습니다.

아무리 큰 고통과 아픔이 있었다 해도

그 시간을 이겨내고 지나왔으므로

아름답고 굵은 마디가 생겼어요.

은빛 날개를
달아요

어머니,

25년 전, 〈은빛 날개를 달아요〉라는 작품 발표회를 한 적이 있어요. 그때가 개인적으로는 참 힘든 시기였답니다.

끝없이 어둡고 긴 터널을 헤매며 바닥이 보이지 않는 낭떠러지 앞에 서 있는 기분이었으니까요. 두려움의 늪에서 한없이 허우적거릴 뿐 빠져 나오기도 뛰어넘기도 불가능했어요.

나에게 날개가 있다면 얼마나 좋을까? 그러면 이 늪에서 벗어나 훨훨 날아갈 수 있을 텐데, 하는 간절한 마음으로 그 시절을 살았답니다. 그러다 알게 됐어요. 내 안에 날개가 있다는 것을요. 마음 깊은 곳에 숨겨져 있던 움츠린 날개를 발견하고는 용기를 내서 한번 펴보자 다 짐했지요.

어머니, 오랜 세월이 지난 지금도 저는 여전히 늪에 빠집니다. 하지만 지금은 압니다. 누군가 나를 힘들게 한다고 핑계 대는 대신 제가 왜 이런 늪을 만드는지 반성하고 반추해야 한다는 사실을 말이지요. 앞으로 제가 어떻게 변화해야 하는지 생각해봐야 한다는 것도요.

무엇보다 내게 날개가 있다는 사실을 잊지 말아야겠어요. 어떤 상황에서도 다시 날 수 있는 날개가 있음을 기억하고, 세찬 바람을 가르며 나는 연습을 게을리하지 않아야겠어요.

서투른 날갯짓이라도 계속하다 보면 언젠가는 독수리처럼 힘 있는 날개를 활짝 펼치며 날아오를 수 있지 않을까요?

나
여기 있어요

어머니,

새해 들어 연일 강추위가 찾아와 마음마저 꽁꽁 얼어
붙었습니다.

그러더니 느닷없이 코트 없이도 다닐 수 있을 만큼 포근한 날씨가 며칠
째 이어지고 있어 저를 어리둥절하게 만드네요.

아침에 따뜻한 공기를 마시고 싶어 창문을 열었습니다. 갑자기 마당 저
밑에서 아직은 깊은 잠을 자고 있을 이름 모를 꽃들과 나무의 뿌리가
궁금해집니다. 맹추위에도 잘 버티고 있을까….

작년 봄이 기억나요. '나 여기 있어요.' 하듯 코바늘처럼 삐죽이 올라오던
새싹을 보며 생명에 대한 경외감을 느꼈지요. 당당하고 우아하게 피어나
는 꽃을 보면서 대단한 자존감이 느껴지기도 했답니다.

맹추위와 폭풍우에도 잘 버티다가 마침내 무거운 흙을 뚫고 올라오는
그 힘을 저도 배우고 싶었습니다. 머지않아 생각지도 못했던 이름 모를

꽃들도 함께 피어나는 아름다운 정원이 탄생하겠지, 상상하니 가슴이 설레기도 했습니다.

요 며칠 이런저런 일들로 마음이 힘들었는데, 그만 땅을 뚫고 올라가야겠다는 용기가 생깁니다. 저도 이제 아름다운 마음의 정원을 하나 만들어야겠어요. 제 마음을 어지럽히는 잡초 같은 생각을 부지런히 정리하고 갈아엎으면서 아름다운 마음이 피어날 수 있도록, 뿌리들이 상하지 않게 잘 키워봐야겠습니다.

그러면 꽃가루와 맛있는 꿀을 따러 벌들도 나비도 날아오고 싶어 하지 않을까요?

앙상한
나뭇가지

어머니,

　2월의 이른 새벽, 앙상한 나뭇가지 위에 서리가 곱게 내려앉은 것이 보입니다. 금방 부러질 것 같은 그 앙상한 가지를 보면 가슴 아리도록 경외감이 느껴집니다.

저 가느다란 가지에서 머잖아 푸릇푸릇 새싹이 나오겠지요. 그리고 조금만 더 버티면 아름다운 꽃을 피울 테고, 또 조금 더 버텨주면 마침내 맛있는 풍성한 열매가 열릴 테지요.

나는 지금 뭘 하고 있지?
앙상한 가지에서 더 이상 푸른 싹이 나오지 않을 거라 지레짐작하고 죽어갈 준비를 하고 있었던 건 아닐까?

나도 푸르게 태어나자. 다시 준비하자고 다짐합니다.

텅 빈
충만

어머니,

아주 예전에는 집에 도둑이 많이 들었잖아요.

저도 시댁의 문간방에서 신혼살림을 시작했는데, 도둑이 두 번이나 들어서 결혼 패물을 깡그리 잃었었죠. 그런데 제 성격이 이상도 하지, 은수 저까지 모두 도둑맞고 나니 의외로 후련한 기분이 드는 거예요. 모든 것을 다 잃었는데 묘한 해방감을 맛본 것입니다.

아, 이제 나도 부모에게 도움받은 것 하나 없이 모든 일을 새로 시작할 수 있겠구나…, 하는 기분이었던 것 같습니다. 온전히 나를 입증할 기회가 주어진 것 같아 저 자신을 시험대에 올리고 가벼운 마음으로 도전하게 된 거죠.

모든 것을 잃어버리고 끝났다는 생각이 들었을 때야 비로소 독립심이 싹튼 것 같습니다. 혼자 일어서야겠다는 강한 의지가요.

나에게
미소 짓기

어머니,

아침 일찍 일어나 제일 먼저 하는 일은, 거울 앞에 서서 저에게 미소 보내기예요. 최대한 밝고 따뜻하게 말예요.

거울을 거의 보지 않고 하루를 보내는데, 유일하게 하루 중 이 시간에만 거울 앞에 섭니다. 저에게 미소를 보내주는 누군가를 기다리는 대신 저를 향해, 저 자신을 위로하는 미소를 짓는 거예요.

50대 한창 갱년기가 진행될 때 제 얼굴은 소화되지 않은 불만과 불안으로 아침이면 못 알아볼 정도로 부어 있었어요. 인상이 너무 미워졌다는 사실을 알아차리고 저 자신도 너무 놀랐던 기억이 있습니다.
절대 겪지 않을 것 같았던 갱년기 증상을 10여 년 겪으면서 얼굴이 심술쟁이처럼 변한 것 같아, 어떻게 되돌릴까 고민하다가 생각해낸 방법이 아침에 거울 보며 저에게 웃어주기였던 겁니다.

밤새 잠 못 이루며 걱정했던 모든 생각을 말끔히 씻어내듯 거울 속 저를 향해 환하게 웃어주는 연습을 합니다. 그때 마음의 어두움과 두려움이 여명과 함께 걷히는 기분을 느껴요.

지난주엔 사진작가 배병우 선생님이 사진을 찍어주시면서, 어떻게 이토록 자연스럽게 웃을 수 있냐고 감탄해 주셨답니다.

새순의
당당함

어머니,

긴 겨울 낙엽이 정원 귀퉁이에 수북이 쌓여 있었어요.

치워야지, 치워야지 미루다 어느 날 작정하고 낙엽 더미를 들어냈습니다. 놀랍게도 그 무거운 낙엽 더미 아래 작은 새순들이 살아 숨어 있었어요. 숨도 제대로 못 쉬었을 텐데 말이에요. 겨우내 꽁꽁 언 땅속에서 굳건히 살아남았다가 당당하게 흙을 밀고 올라오는 새순에게 미안한 마음이 들었습니다.

늦은 봄 어느 날인가 그 새순들이 싱싱하고 건강하게 펼쳐진 푸른 잎사귀가 되어 문득 눈에 띄었을 때 감탄했던 적이 있습니다. 하찮은 식물인데도 어찌나 당당해 보이던지 그 모습에서 고귀한 자존감마저 느껴졌습니다. 땅속에서 오래 어려움을 견디고 마침내 언 땅을 뚫고 나오면서 무척 뿌듯했나 봅니다.

저도 어서 털고 일어나 당당하게 어깨를 펴야겠습니다.

그것으로
족합니다

어머니,

그럼에도 불구하고…,

뒤돌아보면 지난 세월은 모두 대견하고 기특하고 신통했습니다.
아무리 큰 고통과 아픔이 있었다 해도 그 시간을 이겨내고 지나왔으므로
아름답고 굵은 마디가 생겼어요.

그것으로 족합니다.

등나무처럼

어머니,

유럽에 가면 한쪽 높은 벽을 따라 아이비나 담쟁이, 등나무가 무성하게 자라는 걸 자주 볼 수 있어요.

그게 부러워서 저도 몇 년 전 담장 옆에 등나무를 심었어요. 지금은 그 등나무가 담장을 타고 올라가며 무성하게 잎을 내고 꽃을 피우고 있어요!

조금만 노력을 기울이고 시간이 흐르면 스스로 저렇게 풍성하고 아름다워지는데, 나는 혹시 무관심과 게으름으로 시작조차 못 하고 포기한 일이 없었을까? 생각이 여기에 이르자 갑자기 정신이 번쩍 들었어요.

해야 할 일이라고 생각되면 미루지 말고 해야겠다! 몇 년 후면 저절로 푸르게 우거져 아름다운 숲도 만들 수 있지 않겠는가 상상해 보면서요.

용감하진
않더라도

어머니,

위기에 대처하는 걸 보면 그 사람의 수준이 보인다고 말씀하셨던 걸 기억하세요?

용기가 있다는 것, 용감하다는 것은 창칼을 앞세워 전진하는 게 아니고, 자신이 선 자리에서 비겁하지 않은 거라고, 그게 가장 큰 용기라고 하셨던 어머니 말씀이 새삼 기억납니다.

그래서 저는 오늘도 마음을 다잡아요. 비록 용감하진 못하더라도 어머니 딸답게 적어도 비겁해지지는 말자고 다짐해 봅니다.

기도가
다일까

어머니,

가끔은 하나님이 이렇게 말씀하실 거 같아요.

'오직 하나님만 믿고 의지한다고 기도하지 말고, 내가 없다고 생각하면서 너 스스로 해결해 보지 않을래?'

희망고 일을 시작할 때 모셔온 선교사 한 분이 있었습니다. 연세도 지긋하시고 해외 사역 경험도 많다 하시니, 이분이라면 톤즈 아이들이나 주민들에게 희망을 전해 줄 수 있는 해결사로 충분하리라 생각했습니다. 그분은 일을 시작하기 전 항상 '참 좋으신 하나님' 하면서 기도로 시작하셨습니다. 처음에는 얼마나 거룩하고 믿음직해 보였는지 몰라요.
그런데 도무지 자신이 한 일에 대해 회계 정리를 해주시지 않는 거예요. 해달라고 부탁하면 오히려 나를 못 믿는 거냐며 화를 내면서 오히려 저를 야단쳤어요. 무슨 일이든 기도를 핑계로, 하나님을 핑계로 자신의 잘못을 변명하려고 했습니다.

그 모습을 보면서 하나님은 매번 저분 편인가? 어쩌면 저렇게 자신의 잘못에 하나님이 늘 응답하신다고 생각하는 걸까, 생각할수록 어이가 없었습니다. 그래서 그분을 소개하신 분에게 상의드렸더니, 그분 역시 기도하면서 기다려보자고 하시는 거예요.

참다못한 제가 하나님이 회계 정리해 주시는 분이냐, 그건 우리가 해야 할 일이지 기도해야 할 일이 아니라고 항의했죠. 그 이후로 기도해 보고 결정하겠다는 사람을 보면 신앙심이 깊다고 느껴지지 않고, 오히려 기대를 접게 되었답니다.

엄마의 기도는 항상 간결하고 감사드리는 말씀뿐이셨잖아요. 그래서인지 누군가가 하나님에게 모든 걸 떠맡기고 미루는 듯한 태도를 보이면 비겁해 보이는 걸 어쩔 수가 없네요.

제가 믿음이 부족해서 그런 걸까요?

각자의
두려움 때문에

어머니,

늦은 나이에 무릎 수술까지 한 제가 겁도 없이 혼자 산티아고 순례길을 걷겠다고 나섰을 때, 저를 두렵게 한 건 몸이 아니라 마음의 문제였어요.

체력이 바닥을 드러내면 어쩌나, 홀로 위험한 길에 들어서면 어쩌나 하는 현실적인 걱정이 아니라, 많은 사람이 산티아고 순례길이 깨달음의 여정이라고 하는데, 정작 아무것도 느끼지도 깨닫지도 못하면 어쩌지, 하는 근심 말이에요.

사실 그 당시 저에게는 간절한 물음이 있었어요. 사람들에게 이리 채이고 저리 치이면서 도대체 뭐가 문제일까, 아파하고 고민하던 때였거든요.

순례길을 걷기 시작하고 며칠 지났을 즈음, 불현듯 머릿속에서 '두려움' 이라는 단어가 떠올랐고 저를 아프게 했던 사람들의 행동이 죄다 두려움 때문이었다는 생각이 들었어요. 각자의 두려움 때문에 의심하고, 눈치 살피고, 거짓말하고, 원망하고, 미워하는 것이겠구나 하는 생각이요. 어쩌면 자신에 대한 변명일 수도 있겠다는 생각이 들자 인간에 대한 연민이 느껴지기까지 했어요.

그렇다면 저는 어떤 때 두려움을 느낄까 곰곰 생각해 보았어요. 일에 대해서나 경제적인 문제나 미래에 대한 두려움도 있지만, 내가 이렇게 최선을 다하고 있는데 사람들이 왜 몰라줄까 하는 생각이 들거나, 피할 수 없이 오해를 받고 죄를 뒤집어쓰게 될까 봐 생기는 두려움.

결국, 어머니의 말씀처럼 그들도 저도 그럴 수밖에 없는 나약하고 두려움으로 가득한 존재들였던 것입니다.

날개 펴기

어머니,

요즘 통증 때문에 오랫동안 불편해서 쓰지 못했던 어깨를 치료받고 있어요.

평생 접혀 있었던 어깨가 조금씩 펴지고 있다고 치료 선생님이 무척 기뻐합니다. 알 속에 있던 병아리가 밖으로 나오려고 날개를 파닥이는 모습이 연상되기도 하고요. 꾸깃꾸깃 접혀 있던 날개가 이 나이가 되어서야 펴지는 건가 싶네요.

인간은 자신이 가진 뇌의 잠재력을 조금밖에 쓰지 못하고 죽는다는 기사를 읽은 적 있어요. 은퇴할 나이가 되어가니 점점 자신감이 없어지고, 일에 대한 의욕도 명분도 희미해지는 요즘, 에너지가 고갈되어가는 게 느껴지고, 할 수 없는 이유만 수백 가지 떠오릅니다. 신이 주신 능력을 도대체 얼마나 썼다고 이렇게 탈진해 가는 걸까요.

저의 힘은 굳은 어깨 근육 속에 깊게 숨겨져 있는 게 아닐지요.
날개를 제대로 펴보지도 못한 채 그냥 굳어가고만 있는 건 아닐지요.

늦었지만 제 어깨 근육처럼 서서히 날개를 펴서 숨겨진 잠재력을 드러
낼 수 있기를 기대해 봅니다.

해를 기다리는
마음으로

어머니,

젊은 시절 사는 게 너무 힘들다고, 모든 걸 때려치우고 싶다고 하소연하니 잠자코 듣던 어머니가 그러셨지요.

"옛날 옛적 어떤 사람이 세상 살기가 너무 성가시고 힘들어서 더는 못 참겠다며 깊은 산 속으로 들어가 버렸단다. 그런데 그 산골짜기에 이르고 보니 더 크고 성가신 게 먼저 와서 기다리고 있더란다…"

그도 그럴 것이 산에 적응하고 살아가려면 또 얼마나 성가시고 힘든 일이 많을까요? 지금도 어머니가 해주신 그 옛날이야기를 떠올리면서 빙긋이 웃습니다.

얼마 전 막내 선기가 식은땀을 흘리며 이렇게 말했습니다.
"엄마, 아무래도 안 되겠어. 너무 힘들어. 그만둘까 봐…"
그날따라 축 처진 어깨 넓은 등짝이 더 짠해 보여서 가슴이 아팠습니다.

저도 그랬지요. 젊은 시절을 뒤돌아보니 저에게도 예기치 않은 많은 어려움이 있었고 그때마다 지레 두려워서 아직은 견딜 만한데도 그만두고 싶었습니다.

지금은 아들에게 편지를 쓰는 밤입니다.

아들아,

산다는 게 곧 일하는 건데 굽이굽이마다 얼마나 어려움이 많겠니. 힘들고 지치는 게 당연해. 그런데 마음이 힘들 때 뭔가를 결정하면 바른 판단을 할 수가 없단다. 부정적인 감정이 앞서기 때문이야. 힘든 상황이나 고통스러운 마음이 잦아들 때까지 기다렸다가 그때 결정하렴.

쑥스러운 얘기지만 사람들이 내게 어떻게 성공했냐고, 성공 비결이 뭐냐고 묻는단다. 그 물음에 대해 곰곰 생각해봤는데 결국은 이거였어. 오늘 하루만 더 참아보자며 견뎌낸 것…. 오늘 하루가 쌓여 지금이 됐구나.

엄마에겐 이른 새벽, 해가 뜨는 걸 보기 위해 물끄러미 하늘을 바라보는 습관이 있단다. 그런데 먹구름이 잔뜩 낀 날엔 해를 보기 어렵겠다는 생각에 그냥 자리에서 일어나버릴 때가 있지. 태양이 구름 뒤에 숨어 빛나고 있다는 사실을 잊어버리고 말이야. 그 구름만 걷히면 이내 밝은 햇빛을 볼 수 있는데도 그 순간을 참지 못했지. 그래도 이젠 나이가 들어 삶의 연륜이 쌓이니 마음의 여유도 함께 자라는 것 같다.

하늘의 구름이 각양각색이듯 우리가 마주치고 겪는 삶의 고비는 다양한 모습이지만 구름은 언젠가는 꼭 걷힌다는 믿음을 갖게 됐단다.

아들아.

구름 뒤에 가려진 찬란한 태양을 잊지 말고 오늘을 견디며 내일을 기다려보면 어떻겠니?

마음속
비경을 찾아서

어머니,

코로나가 세상을 덮으니, 신문잡지에 여행 이야기가 더 많아졌어요. 저는 예전에도 일이다 뭐다 하며, 어디든 선뜻 떠나지 못하고 그저 부러워하고만 살았죠.

그러던 어느 날, 문득 스친 생각. 사람들은 세상의 좋은 곳은 샅샅이 찾아내 탐험하고 감탄하면서 우리 마음의 숨겨진 세상에는 관심이 별로 없구나. 개발하기만 한다면 우리 마음에서도 많은 비경을 발견할 수 있을 텐데…. 내 마음 구석구석 숨겨져 있는 아름다운 것들을 발굴해 내면, 모두 아름다운 관광명소가 될 텐데….

그런데 우리는 마음속 비경을 찾으려 애쓰기보다는 자신에게 부족한 것만 찾아내 자책하고 부끄러워하는 것이죠.

이제부터는 덤불을 걷어내고, 시든 잎 따주고, 썩은 뿌리도 뽑아내서 제 마음에 비밀스러운 야생 정원을 하나 만들어야겠어요.

기도문이
불편할 때가 있다

어머니,

어릴 적 어머니의 기도는 아주 간단하고 쉬웠어요. 기도를 간단히 마치시고는 바로 일을 하러 나가셨지요.

그런데 타지에 있는 교회에서 어른들이 하는 기도는 제게 참 이상하게 들렸어요. 개인적인 바람을 담은 기도는 그렇다 치고, 가난하고 병든 사람을 위한 기도도 온통 하나님께 요구하는 것 천지였어요. 그들에게 먹을 것을 주옵시고, 병마를 이길 힘을 주옵시고, 가난을 벗어날 용기를 주옵시고….

왜 자신들이 할 수 있는 일을 하나님께 해달라고만 하지? 어린 마음에 의문이 생겼고 기도가 참 허망하게 느껴졌어요. 그 뒤로 기도에 대해 불편한 마음이 생겼고, 핑계지만 기도하기를 좋아하지 않게 됐어요.

요즘은 카톡 등을 통해 길고 아름다운 기도문을 보내주는 분이 많아요. 그런데 그 또한 제게는 부담스럽게 느껴져요. 하나님에게 바치는 저 많은 이야기, 믿음, 봉사, 이웃과 민족에 대한 사랑 등등. 그 좋은 말들이 제가 소화하거나 실천하기 어려운 것들이 많아서인지 부담스럽고 불편하네요.

사람들은 그런 말을 모두 이해하고 실천하며 사는지, 아니면 하나님에게 모두 미뤄버리는 건지 궁금해집니다.

삶의
양면성

어머니,

제가 자세히 말씀드리지 않은 일이 한가지 있어요.

마흔 초반에 아가사 크리스티의 추리소설에나 나올 법한 억울한 일을
당해서 그때까지 모았던 꽤 많은 재산을 잃고 누명까지 쓴 일이 있었죠.

아주 길게 느껴진 시간이었어요. 제 마음은 초토화됐고, 실패자가 돼버
린 것 같아 괴로웠습니다. 그래서 마음을 바꿔야겠다고 생각했어요. 저
자신을 루저로 내버려 둘 수 없었기 때문이에요.

세상사 모든 일에는 양면성이 있어서, 잃었으면 분명 반대편엔 얻는 게
있으리라 생각하며 그게 뭘까 찾아보았어요. 곰곰 생각해보니, 제가 재
산과 많은 것을 양보했지만, 그 대가로 돈으로 살 수 없는 마음의 자유
와 편안함을 얻은 것이었어요. 이런 생각을 하니 마음속으로 미소가 지
어졌습니다.

삶에는 항상 양면이 있는 것 같습니다. 잃는 게 있으면 얻는 게 있고, 성취는 좌절의 대가로 주어지는 것 같아요. 그 이후 성년이 된 아들이 대인관계나 회사 일로 힘들어할 때마다 이런 말을 해줍니다.

"루저 게임을 하면 안 돼. 무슨 일이든 양면이 있어서 잃는 게 있으면 반드시 얻는 것도 있는 게 세상의 이치란다. 살다 보면 돈이든 명예든 억울하게 잃게 될 때가 있지.

그런데 크게 잃을수록 반드시 크게 얻을 수 있어. 그러니 잃어버린 것에 연연하지 말고 그 일을 통해 네가 배우고 얻은 것이 무엇인지, 돈으로 살 수 없는 더 큰 것을 찾아야 한단다."

밥상 앞에 마주 앉아 옛날 일을 무용담처럼 들먹이며 이런 훈수를 둘 수 있게 됐다니, 가끔은 저 스스로가 여간 대견한 게 아닙니다.

착한 사람이
되기보다

어머니,

부끄럽지만 어려서부터 저는 마음이 비단결 같다며 착한아이라는 칭찬을 많이 받았잖아요.

심지어 중학교 때는 전교에서 선행상까지 받았었죠. 상을 받는 게 부끄러워 그날 학교에 가지 않았지만요.

사실 저는 착한 사람이라는 말을 듣는 걸 싫어했어요. 오히려 '착한 사람이 되지 말자'가 제 삶의 좌우명이었죠. 착하다는 사람들의 비겁함과 감춰진 이기심을 많이 봐왔기 때문일까요.

남들에게서 착하다고 인정받는 사람들은 그 이미지를 유지하기 위해 곤란한 일이 생기면 침묵하고 뒤로 숨어버리는 경우가 많더라고요. 또는 좋은 게 좋은 거라며 상황을 덮어두려고도 하고요.

착한 사람이라는 주변의 인정을 유지하기 위해 문제를 해결할 책임감을 포기하는 것이죠. 그런데도 주위 사람들은 그의 태도가 옳을 거로 생각하며 동조해서 상황을 더 난처하고 어렵게 만들곤 합니다.

착하기만 해서는 안 되는 것 같아요. 그것을 지킬 수 있는 굳은 의지와 문제를 해결할 책임감을 늘 지니고 있어야 하죠.

그래서 저는 착한 사람이 되기보다 책임감 있는 사람이 되자고 다짐하곤 한답니다.

가벼우면서
묵직하게

어머니,

저는 어떤 사람이 되고 싶은 걸까, 곰곰 생각해 봅니다.

새벽에
새와 함께 노래 부를 수 있고,
꽃향기 맡으며 행복해할 수 있고,
사랑한다는 말, 감사하다는 말을 자주 건네고,
미운 사람을 만나도 달려가 안아주고 토닥여줄 수 있는
가벼운 사람.

그리고
어떤 비난이나 모욕에도
흔들리지 않는 묵직한 사람이 되고 싶어요.

시간은
바람결 따라

어머니,

요즘 들어 시간의 가치를 다시 생각해보고 있습니다.
은퇴한 사람들이 고민하는 문제이기도 할 것 같아요.

지난해, 40년간 쉼 없이 몰두해온 패션 일에 안식년을 선언하고 아프리
카에서 한 해를 보낼 계획을 세웠었습니다. 그러나 이 계획은 코로나 때
문에 물거품이 됐고, 어찌어찌 보내는 사이 고대해 마지않았던 일 년이
훌쩍 지나가 버렸습니다. 정말이지 손안의 모래알처럼 스르르 빠져나
간 시간을 당황스러운 마음으로 멍하니 바라볼 뿐입니다.

시간은 그냥 의미 없이 흐르는 게 아니겠죠. 어떻게 썼느냐에 따라 확실
한 결과물로 남는다고 늘 강조해왔던 제가, 안식년이란 핑계로 시간을
바람결에 날려버린 것입니다. 오늘부터라도 정신 차리고 다시 시간과
친하게 지내야겠습니다. 앞으로는 주어진 시간이 덤으로 느껴지더라도
허투루 쓰지 않고 더 아끼고 사랑하며, 부둥켜안고 살아가야겠습니다.

희망고

아프리카 남수단 톤즈에 펼치는

'희망의 망고나무 프로젝트'

메마른 땅에 울려 퍼지는

희망의 북소리, 희망고(希望鼓) 이야기.

제겐
꿈이 없었어요

어머니,

저에겐 꿈이 없었어요.

남편은 제게 가끔 잔소리합니다. 하고 싶은 일이 무엇인지 찾아서 제 발 남은 시간 그 일을 하며 즐겁게 살라고 말이지요. 그러나 저는 지금껏 되고 싶은 것, 갖고 싶은 것, 하고 싶은 것이 별로 없었어요.

어렸을 때부터 그랬던 것 같아요. 학교에서 장래희망을 쓰라고 할 때면 망설이고 망설이다 결국 '현모양처'라고 썼으니까요. 곰곰 생각해보니 그 때부터 저는 누군가가 갖고 싶다는 걸 갖게 해주고 싶고, 하고 싶거나 되고 싶은 걸 이룰 수 있도록 도와주는 일에 더 흥미를 느꼈던 것 같아요.

그런 제가, 그런 일과는 동떨어진 일을 오래 하고 살았죠. 매일매일 바쁘게 사는 동안에도 뭔가 중요한 것을 놓치고 살고 있다는 느낌을 떨칠 수 없어서 허전했어요.

더 가치 있는 삶, 진정한 삶이 무엇일까 고민하면서, 다른 한편으로는 의미를 추구하는 삶에 대한 허무와 회의를 동시에 느끼며 만성적인 편두통에 시달리고 있을 때…, 김혜자 선생님을 만났습니다.

"우리 아프리카 갈래?"

해마다 해외로 자선봉사 활동을 떠나시는 선생님의 말씀에 하던 일을 다 팽개치고 아프리카로 가는 짐을 쌌습니다.
에라 모르겠다. 여행 가는 심정으로 떠나자, 하면서요.

그게 희망고의 시작이었어요.

어머니의 꿈,
나의 꿈

어머니,

이틀 밤에 걸쳐 비행기를 네 번 갈아타면서 도착한 그 땅은 영화 〈아웃 오브 아프리카〉를 보며 상상했던 아프리카와는 너무나 거리가 먼 땅이었어요.

풀 한 포기 없이 황량하고 메마른 땅이 그늘 한 점 없는 땡볕에 드러나 있었어요. 도무지 사람이 살 수 있을 것 같지 않은 곳이었어요. 그런데 저는 그곳에서 어머니를 만날 수 있었고, 어머니의 꿈을 볼 수 있었습니다.

한센병 환자와 부모 잃은 아이들, 남편 잃은 여자들, 오갈 데 없는 할머니들을 돌보시느라 팔십 평생이 모자랐던 어머니.
살아계시는 동안 어머니에 대해 작은 관심이라도 있었으면 어머니의 꿈에 대해서 일찌감치 알았을 텐데…. 저를 위한 사랑의 기도를 한순간도 멈추지 않으셨던 어머니에게 저는 왜 그리 무심했을까요.

늦게나마 깨닫게 된 지금, 평생 꿈이라곤 없었던 제게 엄마의 꿈을 이루어 드리는 게 제 꿈이 되었답니다.

제가 잃어버렸다고 생각했던 꿈이 바로 어머니의 꿈이었던 거예요. 사람들은 자신의 잘못은 책임지려고 하면서, 왜 자신의 꿈에 대해서는 책임지지 않을까요.
"용기를 가지고 당신의 꿈을 실현하기 위한 책임을 다하라"라고 했던 니체의 말이 생각납니다.

이제 저의 꿈이 된 어머니의 꿈을 이루려고 합니다. 아니, 이루어져야 합니다. 그래야 우리가 사는 이 세상이 살 만하고 행복한 세상이 될 거 같으니까요.

가슴이
시키는 일

어머니,

　사람들이 제게 "왜 그렇게 어려운 희망고 일을 계속하냐고, 어떻게 포기하지 않을 수 있냐"고 묻곤 합니다.

그러면 저는 "머리가 아니라 가슴이 시키는 일이라서 그렇다"라고 대답하며 웃곤 해요.

젊었을 때는 이성적으로 행동해야 한다고 생각했는데, 지금은 아니에요. 사람을 움직이도록 하는 건 머리가 아니고 가슴인 것 같습니다. 감정을 안정적으로 유지하면서 일을 하는 게 훨씬 중요하고, 그렇게 할 수 있는 사람이 강한 사람임을 알게 된 거예요.

그게 바로 '진정성' 아닐까요.

이성적으로 생각해야 합리적으로 일할 수 있을 것 같지만, 이성만으로는 진정성과 지속성을 담보하기 어려운 것 같아요. 이성적인 판단으로 하는 행동은 상황이 조금 변하거나 힘들어지면, 이런저런 합리적인 변명을 늘어놓으며 그만두게 되는 경우가 많았어요.

잘 다듬어진 감정으로 내리는 판단은 가슴에서 깊이 우러난 뒤에 행동으로 이어지기에 어려움과 고통을 참아내는 힘이 있는 것 같아요. 그래서 저는 쿨하고 이성적인 사람보다 흔들리지 않는 긍정적인 감정을 지닌 사람이 더 존경스럽다고 생각해요.

힘들지만 제가 희망고 일을 계속할 수밖에 없는 건, 저의 가슴에 있는 사랑과 관심 때문인 것 같아요. 이성은 그리 중요하지 않습니다.
행동은 감정이 하도록 하는 거고, 사람을 움직이는 건 결국 가슴이 아닌가 싶어요.

비둘기
선물

어머니,

어머니를 떠올리면 자연스럽게 보따리가 생각나요,
어떤 상징처럼요.

벽장 속에 항상 보따리가 수북이 쌓여 있다가 누군가의 손에 전해져서
모두 없어졌잖아요. 어머니께서 마음을 나누는 가장 큰 수단이 보자기
에 싼 선물 보따리 아니었을까요.
그 보자기 안에는 어머니가 정성 들여 손수 만드신 무지개떡, 속옷, 버
선 등이 들어 있었어요. 어둑어둑해질 무렵 어머니는 아무도 모르게 그
보따리를 들고 나가 필요한 집 앞에 조용히 두고 오셨지요. 가난한 사람
들에겐 당장 먹을 양식조차 귀했던 때였으니까요.

제가 받은 최고의 선물들은 남수단 한센인 할머니로부터 받은 1파운드
짜리 종이돈과 자신의 전 재산과도 같은 목걸이, 그리고 나무를 손수 깎
아 만든 투박한 십자가입니다.

한번은, 남수단 초등학생들에게 작은 책가방을 선물했는데, 그 학생 중 한 명의 어머니가 감사하다며 아이한테 들려 보낸 주머니 안엔 놀랍게도 살아 있는 비둘기가 담겨 있었어요, 그것도 두 마리씩이나요. 야생 산비둘기를 보약처럼 여긴다는 얘기를 그곳에서 들은 적이 있어요. 당황스러웠지만, 그들의 따뜻한 마음에 제 가슴이 먹먹해지고 말았답니다.

그래요. 사람들 마음은 다 똑같은 것인가 봐요. 받으면 감사하고, 그 감사함은 선물에 담긴 마음의 크기에서 비롯되는 것 같아요. 그 마음에 보답하는 것 또한 마음 아닐까요.

그게 바로 '나눔' 아닐까요.

나눔과
소통

어머니,

나눔은 거창한 일이 아니고, 소통이라고 생각해요. 마음의 소통이고, 물질의 소통이고, 부족함의 소통이라고요.

마음을 주고받는 사람들 간의 거리로 소통에 문제가 생기는 것처럼, 나눔도 서로의 입장 차이에서 어려움이 생기곤 하는 것 같아요.
나눔은 상대가 필요로 하는 것으로, 상대에게 맞는 방식으로 이루어져야 한다고 생각해요. 그래서 세심함이 무척 필요하더라고요. 상대를 세심하게 이해하고 관찰해서, 배려하는 마음으로 나눔을 실행해야 하더군요.

나눔은 기회를 주는 것이고, 또 그 기회를 누리는 것이기도 하다고 봐요. 누군가를 도울 기회, 돕는 기쁨을 누릴 기회!

나눔과 봉사는 인간의 본성 아닐까요. 그 척박한 아프리카 땅에 사는 사람들이 우리보다 서로 더 많이 나누면서 사는 모습을 보면 말이에요. 우리 사회에서도 가난하고 어려운 분들, 장애가 있는 분들이 남을 더 많이 돕고 그 일에서 보람을 느낀다고 하더라고요.

나눔의 본성이 어른이 되면서 사라지지 않게 교육과 훈련이 필요하다는 생각이 듭니다. 아이 때부터 나누는 훈련을 시킨다면 사람들은 누군가를 돕고 나누는 일을 자연스럽게 여기며 살 거예요.

그리고 그 나눔에서 기쁨과 행복을 느낄 거예요.

희망의
북소리

어머니,
'희망'이란 무엇일까 곰곰 생각해 봤습니다.

희망이란 과거의 경험에 근거해 미래의 가능성을 현재의 시점에서 이해하려고 노력할 때 만들어지는 것 같아요.

톤즈에서 저는 완전무결하게 '없음'에 놀랐습니다. 하지만 그 사실을 비관적으로 보지 않았어요. 오히려 우리가 할 수 있는 게 굉장히 많다고 생각했죠. 톤즈에서는 아무것도 없는 대신 무한한 가능성이 보였습니다. 그래서 사업의 이름을 '희망의 북소리'라는 의미를 담아 희망고라고 짓고, 희망고의 상징 키워드를 '가능성'으로 정했습니다.

그래서 오바마 대통령의 슬로건이기도 했던 "Yes We Can!"을 우리의 슬로건으로 삼았답니다. 그리곤 톤즈 엄마들과 손에 손을 잡고 "Yes We Can!"을 수없이 합창하듯 외쳤습니다.

톤즈에서는 순수한 희망을 꿈꿀 수 있었습니다.

톤즈,
그리고 해남

어머니,

아프리카에 처음 다녀온 바로 다음 날, 새벽같이 일어나 흙먼지를 씻어내리면서 샤워를 할 때였어요.

갑자기 가슴 깊은 곳에서 울음이 터져 나와 그치지 않았어요. 끙끙 앓는 듯 터져 나오는 이 눈물의 정체가 도대체 뭘까, 당황스러웠습니다.
끝내 이유를 알 수 없었지만, 저를 위해 토해내는 어떤 울음 같았어요.
평생 처음 있는 일이었습니다. 이제까지 했던 일들이 보람 없었던 건 아니었지만, 이제야 진정으로 제가 해야 할 일을 만난 기분이었어요.

톤즈에서 저는 편안하고 행복했어요. 무덥고 척박한 곳에서 일행들은 불편하다고 힘들어했는데, 저는 물 만난 물고기처럼 마음이 편하고 좋았어요. 그곳에서 일하는 시간이 너무 값지고 소중하고 신나게 느껴지는 거예요. 톤즈에서 저는, 어렸을 때 살았던 해남의 따뜻한 추억들이 마구 떠올랐어요. 마치 고향에 돌아온 기분이었습니다.

동기가 부여되면,
그들도

어머니,

2013년 희망고와 톤즈 카운티 정부가 함께 부족축제를 준비할 때 일이었습니다.

와랍주와 톤즈 카운티 정부 관계자들과 1000여 명의 주민이 참여하는 꽤 큰 행사였어요. 부족축제를 위해서 무엇보다 음식 준비가 필요했고 희망고는 이 일을 HWAT(Himango Woman Associate in Tonj)에 부탁했어요. 톤즈에는 12명의 부녀회원을 중심으로 하는 HWAT가 운영되고 있거든요. 희망고가 현지 주민들의 의견을 듣고 그들의 방식에 맞춰 일하기 위해 만들어진 단체예요.

부족축제를 준비하는 과정에서 처음에는 크고 작은 어려움이 많이 생겼어요. 저는 이번 부족축제가 희망고 행사가 아니고 톤즈 주민들의 행사임을 설명하면서 그들이 주체적으로 움직여주길 바랐습니다. 만약 음식 준비가 미흡하더라도 그 또한 좋은 경험으로, 그들이 직접 체험하

내게 날개가 있다는 사실을

잊지 말아야겠어요.

어떤 상황에서도

다시 날 수 있는 날개가 있음을 기억하고,

세찬 바람을 가르며

나는 연습을 게을리하지 않아야겠어요.

2022년 봄을 기다리며

이 방 희 드림

고 느껴봐야 한다고 생각했습니다.

그런데 부족축제가 열리는 날 새벽이었어요. 3시쯤이었는데, 희망고 빌리지 입구에서 사람들이 왁자지껄 움직이는 소리가 들리는 거예요. 아침에 도착하기로 한 희망고 직원들이 이렇게 일찍 온 걸까, 생각하면서 문을 열었다가 깜짝 놀랐답니다. 12명의 부녀 회원들이 음식을 잔뜩 준비해서 그 시간에 찾아온 거예요.

화덕에 피운 불로 밤새 천여 명분의 음식을 만든 뒤, 이고 지고 전깃불 하나 없는 새벽길을 걸어온 거예요. 얼마나 힘들었을까요. 그녀들의 책임감에 저는 정말 감동했어요.

아프리카 사람들도 동기 부여만 되면 책임감도 강하고 일도 열심히 할 수 있다는 걸 그때 새삼 깨달았답니다.

등수
매기기

어머니,

희망고 축제가 열리는 날, 흙먼지 풀풀 날리는 운동장에서 부족축제가 한창이었습니다.

각 부족의 문화도 배울 겸, 그들의 춤과 음악, 연극 그리고 민속공예품을 선보이는 경연대회를 하자고 제안했습니다. 그들은 독특한 헝겊을 두르거나 맨몸에 소똥과 숯으로 그림을 그린 민속 의상을 입고, 비 오듯 땀을 흘리면서도 춤과 노래로 각자의 무대를 뽐냈습니다.

공연이 끝난 뒤 심사위원 자격으로 마을 '엘더'들과 모였습니다. 그곳에선 추장 어른을 엘더(elder)라고 부르지요. 제가 등수를 정해 상을 주자고 제안하자 일제히 손을 가로젓더군요.

"누구라도 그들의 공연이나 작품에 등수를 매기는 일을 하면 안 된다. 모두가 잘한 거다"라고 입을 모았습니다. 저는 등수로 사람을 평가하지 않는 그들의 문화에 놀라고 감동했습니다. 항상 등수를 매기면서 남과 비교하며 살았던 우리의 모습을 돌아보고 부끄럽기도 했고요.

오늘 아침 신문을 펼쳐 보면서 빈부 격차, 학력 격차 등 여러 이유로 분열된 우리 사회의 모습을 만나네요. 그날 아프리카 부족축제에서 저의 제안을 걱정스레 반대했던 엘더들의 얼굴이 떠오르면서 갑자기 그들이 보고 싶어집니다.

마마리 아버지는
누구냐

어머니,

저는 톤즈에서 '마마리'로 불려요.

어느 날 그곳의 한센인 한 명이 제게 이렇게 물었어요.

"마마리의 아버지는 도대체 누구냐? 하나님은 위대하시다. 너를 보내신 하나님은 거룩하시다."

한센인의 이 한마디 말이 제 마음을 강하게 흔들었습니다.

이 세상의 가장 낮은 곳, 버림받은 곳에서 소외된 채 살고 있는 한센인의 입을 통해 이런 말을 듣게 될 줄은 정말 몰랐어요. 그가 입에 올린 아버지에 대한 신뢰를 무너뜨리면 안 되겠기에 저는 실패를 거듭하면서도 강행군을 해서 한센인 교회를 완성했습니다.

한센인의 말은 어머니의 말씀을 생각나게 해요. 어머니는 저에게 늘 '장한 사람'이라고 말씀하셨죠. 제가 특별히 잘나서가 아니라, 어머니는 모든 사람에게 다 장한 사람이라고 말씀하셨습니다. 그 어떤 사람도, 심지어 나쁜 의도를 가진 사람까지도 모두 하나님이 이 세상에 보내실 때는 다 이유가 있다고 생각하시는 것 같았어요. 아무리 하찮은 사람이라도 그에게 하나님의 마음을 심어주셨다는 카잔차키스의 말처럼.

우리 각자의 마음 깊은 곳에 심어진 신성을 찾기 위해 내 영혼을 일깨우려고 애쓰는 것, 깊은 곳에 숨어 있는 신의 뜻을 찾아 실천하는 것이 진정으로 나다워지는 길이고, 신성에 가까워지는 일이겠다는 생각에 이르렀습니다. 그래서 우리는 모두, 어머니 말씀대로 장한 사람인 것이죠.

"마마리의 아버지는 누구냐? 하나님은 위대하시다. 너를 보내신 하나님은 거룩하시다."
아직도 저는 이 말을 어떻게 해석하고 받아들여야 할지 몰라 가슴이 먹먹하기만 합니다. 기도하는 마음으로 저 자신에게 물어봅니다.
"너의 아버지는 누구냐. 네 안에 심어신 신의 뜻을 찾고 있느냐."

임자,
해보기나 했어?

어머니,
한번은 우기에 톤즈에 갔던 적이 있어요.

사막 같이 버려졌던 황량한 들판에 소들이 먹을 법한 거친 풀들이 마구
자라고 있었어요. 저렇게 거친 풀들이 무성하게 자라는데, 사람이 먹을
채소 한 뿌리 없다니 기가 막혔죠. 그 들판을 바라보면서 이런 생각을 했
습니다.

저렇게 풀들이 자란다면 분명히 사람이 먹을만한 채소를 키울 수 있을
거야. 농사를 지을 줄 몰라도 하늘이 키워주시는 게 있을 거야.
이곳 사람들이 건기 동안 최소한의 양식으로 삼을 수 있는 작물이 있다
면 좋겠다는 바람으로 생각해낸 것이 망고나무였어요. 망고나무가 그
냥 알아서 자라는 건 아니었지만, 묘목이 나무가 될 때까지만이라도 잘
보살피면 100년 동안 열매를 맺으니까요. 그런데 묘목이 자라서 열매를
맺기까지는 5~6년이 걸리는데, 그동안 소가 먹을 풀들이 자라는 저 들

판에 사람이 먹을 채소는 없을까 궁리했죠.

농사를 지어본 적이 없는 톤즈 식구들이나 농사에 대해 무지한 저나 시도해 볼 수 있는 일이 아니어서, 미국과 한국의 농업 전문가에게 문의해 보기도 하고, 그 지역에서 오랫동안 활약한 NGO를 찾아가 도움도 청해봤죠. 하지만, 변변한 농기구도, 농사 기술도 없는 뙤약볕 땅에서 작물 재배는 불가하다는 답만 들었어요.

이상하게 억울했습니다. 포기하기엔 넓은 대지와 태양과 비가 아까웠고, 배고픈 사람이 너무 많은 땅과 할 수 있을 거란 가능성 앞에서 물러서고 싶지 않았어요. 그래서 무슨 씨앗이라도 휘~익 뿌려놓으면 하늘이 알아서 키워주실 것이라고 생각하며 한국에서 가져간 과일과 채소 씨를 무작정 뿌려놓고 있었습니다.

그런데 어느 날 아침에 자고 나니 카톡에 놀라운 사진이 전송되어 온 거예요. 싱싱한 오이가 열리고 커다란 수박이 열린 겁니다. 굵은 장대비가 쓸어가고 날짐승이 먹어 버리는 가운데도 살아남은 과일과 채소를 보고 감동이 북받쳐 며칠을 울고 다녔답니다.

사랑과 관심이 있으면 안 되는 게 없구나. 하지만 안 하면 끝까지 아무것도 안 되는구나 하는 평범한 진리를 깨달았습니다.

정주영 회장님 말씀마따나 "임자, 해보기나 했어?"라는 말씀이 떠올라 슬그머니 미소 지어졌습니다.

나만의 꿈이
생겼어요

어머니,
저는 우리나라의 아이들이 아프리카에 희망의 망고 나무를 심는 일을 할 수 있게 해주고 싶습니다.

아프리카에 망고나무 한 그루를 선물해서 그 나무가 커가는 걸 보면서 보람과 자부심을 선물로 받을 수 있다는 걸 알려주고 싶습니다.

자연이 그대로 보존된 아프리카를, 우리 아이들이 망고나무를 통해 경험할 수 있도록 하고 싶습니다. 우리나라 아이가 심어준 나무 한 그루가 아프리카 아이와 함께 무럭무럭 자라나서 마침내는 백 년 동안이나 아프리카 친구들의 일용할 양식이 된다는 사실을 알려주고 싶답니다.

희망고
빌리지

어머니,

처음에는 아프리카의 배고픔을 해결하느라 망고나무 심기에서 시작했지만, 그들의 경제 자립을 위해서는 생활력이 강한 여성들을 교육해야겠다는 생각이 들었어요.

그래서 실 바늘도 없는 그곳에서 여성들에게 옷 만드는 법을 알려주는 것부터 시작했습니다. 망고나무 심는 날엔 함께 음식을 준비하며 마을 축제도 열었죠. 축제에는 그들이 만든 옷으로 '서머 톤즈룩(Summer Tonj Look)'이라는 패션쇼도 열었습니다. 트럭 짐칸 위 간이 무대였지만, 그들이 직접 만든 의상과 액세서리 장식에 톤즈 사람들은 희망고 마을 축제로 모두 환호했어요.

본격적으로 교육을 하려면 토지가 필요한데 다음 날이면 저는 한국으로 떠나야 했어요. 무리한 요구라는 걸 알면서도 군수에게 "오늘 중 땅을 결정해줘야 한다"고 했죠.

남수단에선 토지 거래를 하려면 정부 허가는 물론, 추장 등 지역 유지들의 동의를 받아야 합니다. 그런데 군수가 바로 땅을 보러 가자고 했고, 아프리카에 같이 갔던 첫째 아들 준기를 보냈어요.

그날 저녁, 아들이 토지서류를 흔들며 저에게 뛰어왔어요. 1만평의 땅을 무상으로 제공해 주기로 했다는 겁니다. 톤즈에서 구호단체는 물론 개인에게 이런 큰 땅을 허가하기는 처음이라는 걸 나중에 알게 됐죠.

그 소중한 땅에 '희망고 빌리지'를 세웠습니다. 이제는 여성교육 센터, 탁아소, 컬처 센터와 희망고 학교, 망고 묘목장 등이 있는 희망고 빌리지가 되었어요. 아이들은 유치원과 학교에 엄마가 만든 교복을 입고 등교해 목공 기술을 배운 아빠가 만든 책걸상에 앉아 공부해요. 어머니가 보셨으면 기뻐하셨을 거예요.

희망고를 사단법인으로 등록할 때 외교통상부 담당 국장으로 만났던 조대식 전 리비아 대사는 국제 NGO로 발돋움한 것을 보시곤 누구보다 기뻐했습니다.

"지난 20년은 사람들의 겉모습에 아름다움을 채웠고, 지금부터는 내면의 아름다움까지 채워주시네요. 한결같이 아름다움을 만들어 주시는 일을 하시는군요"라는 그의 격려에 제 가슴은 불이 붙은 듯 뜨거워졌답니다.

한센인
마을

어머니,

　매년 톤즈를 찾았던 저는 2014년 무렵 수술을 하면서
움직일 수가 없었어요.

저를 대신해 희망고 직원을 톤즈에 보내며 숙제를 줬습니다. 그 지역에
서 우리가 돌보지 못한 어려운 사람이 누가 있는지 찾아보라는 것이었
죠. 직원이 가져온 사진에 한센인들이 있었습니다.
의료사업은 제 일이 아니라고 생각했고, 한센인은 사진만으로도 보기
부담스러워 덮고 말았습니다.

그런데 며칠후 처음 톤즈를 다녀왔을 때처럼 뜨거운 눈물이 하루종일
쏟아지는 거예요. 그리고 새벽녘 특별한 꿈을 꿨습니다. 사진 속 한센인
들이 저에게 말 그대로 '퍽퍽' 안기는 꿈이었습니다.

든든한 후원자였던 남편은 희망고 때와 달리 한센인 봉사는 말렸어요.

그럴 법했죠. 저희가 어릴 때만 해도 한센병은 공포 그 자체였으니 말이죠. 그러나 저에게 한센인이 가슴에 안기는 꿈을 꾼 이후엔 두려움이 씻은 듯 없어졌고, 오히려 빨리 만나보고 싶은 마음만 갈수록 강해졌습니다.

2015년 2월 목발을 한 채 한센인들을 만나기 위해 톤즈로 떠났어요. 그리곤 그들을 위해 제가 할 수 있는 구체적인 그림을 그렸습니다. 600여 명이 살고 있는 한센인 거주마을에 예배를 드리는 공간과 함께 교육과 의료 지원을 받을 수 있는 건물을 마련하자는 것이었죠.

2019년 8월 복합센터를 완공하기까지 꼬박 5년이 걸렸습니다.
포기할 수밖에 없는 사연이 너무 많았던 저를 다시 일으켜 세우곤 했던 건 톤즈 사람들이었어요. 벽돌을 한 장 한 장 나르고 쌓아가며 페인트칠을 하는 그들을 보며 오히려 제가 힘을 얻었습니다.

김혜자 선생님은 그런 저를 보고 이렇게 말씀하셨어요.

"너 정말 대단하다. 바늘로 바위를 뚫었구나."

바늘로 옷을 만들던 저는 바늘로 바위를 뚫었나 봅니다.

서로
이해한다는 것

어머니,

말 타고 다니는 사람과 걸어 다니는 사람은 서로 동지가 될 수 없다는 옛말을 들은 적이 있어요.

아프리카의 희망고 일을 하다 보면 이런저런 오해와 문제가 생기곤 합니다. 자주 만나지 못하고, 또 그들의 삶과 문화가 우리와 매우 다르니 그런 것 같아요. 하루에도 몇 번씩 전화 통화를 하지만 거리가 좁혀지지 않을 때가 있습니다.
예전엔 세상사 이해 못 할 게 없다고 큰소리치며 살았는데, 지금 다시 생각해보면 철없는 생각이었습니다. 세상엔 제 수준으로는 이해하기 어려운 일이 많이 있음을 겸손하게 인정해야겠습니다.

어머니는 못된 짓을 하는 사람을 보면서도, 그 사람이 나쁜 게 아니고 환경이 그를 그렇게 만든 거라고, 그 처지를 경험해 보지 않아서 네가 모르는 거라고, 그러니 안쓰럽게 봐줘야 한다고 늘 말씀하셨지요.

사실 그들이 처한 환경, 겪어보지 않으면 알 수 없는 참혹한 고통을 우리가 어떻게 감히 이해한다고 하겠어요. 이게 아프리카뿐이겠어요?

오늘도 숨을 고르며 마음을 다스립니다.

당연한
순리

어머니,

희망고 사업이 조금씩 알려지자 많은 언론 매체에서
취재 요청을 받았어요.

인터뷰하는 과정에서 아프리카 지원 사업에 대한 얘기를 들은 기자들이
하나같이 하는 말이 있었죠. 바로 "진정성이 느껴져서 좋습니다"였어요.

그런데 저는 그 말이 칭찬으로 들리지 않았습니다. 솔직히 말하면, 그때
까지 진정성이란 단어에 그리 마음 두지 않고 살았어요. 제가 하는 일에
대해서 '진정성 있다'라는 평가를 듣는 게 어색하게 느껴졌고, 앞으로
잘하지 않으면 '진정성 없다'는 평가를 듣게 되는 게 아닐까, 살짝 불안
해지기까지 했습니다.

그동안 희망고 사업에만 각별하게 더 정성을 쏟은 것은 아닙니다. 늘 그렇게 살았던 것 같아요. 마음이 가는 일을 선택했고, 선택한 일에 대해서는 모두 최선을 다해 책임지려고 했습니다. 다른 사람들도 다 그렇게 살고 있다고 생각합니다. 그러니까 진정성은 특별한 게 아니고 당연한 순리 아닌가요.

그 당연한 순리가 특별하게 평가받지 않는 날이 오기를 간절히 빌어봅니다.

위선은
어디에나

어머니,

희망고 일을 하면서 억울한 일을 정말 많이 겪었어요.

봉사의 화신으로 알려져 사회적으로 존경받는 분, 명망 있는 선교사 그리고 현지의 톤즈 식구들조차 자신의 잘못을 덮기 위해 지어낸 거짓말과 변명이 어느 땐 감당할 수 없을 정도로 많아지기도 했어요. 심지어 사람들은 거짓말을 계속하다가 스스로 자기 말에 속아 거짓말을 진실로 믿어버리고 말더라고요. 당사자가 약자로 보일 때는 그 사람 말이 옳을 거라고 주위 사람들조차 쉽게 생각했어요.

어머니가 제일 싫어하시던 '위선적인 행동'을, 남을 도와주고 봉사해야 하는 곳에서 더 흔하게 접했던 것은 가슴 아픈 일입니다.
그 거짓을 바로잡는 일은 절대 쉽지 않았고, 치러야 하는 대가도 생각보다 컸습니다. 그래도 제게는 어머니에게서 배운 인내가 있었어요. 인내하는 마음이 그 과정을 견뎌내게 해주었다는 사실에 감사할 따름입니다.

꽃사람, 김수덕

선한 일이라 생각되면 내일로 미루지 말라시던 어머니.

그 선한 일을 모두 마치고 바람결에 세상을 떠나신 어머니.

오늘, 사랑으로 가득했던 어머니의 생애를 떠올려 봅니다.

우리나라
1호 간호사

어머니는 일제강점기, 깊고 외진 마을에서 태어났습니다. 여자가 공부한다는 건 꿈도 꿀 수 없는 시절이었습니다. 외할머니는 선교사에게 보내면 여성도 공부를 할 수 있다는 얘기를 듣고, 어머니가 학업을 할 수 있도록 기독교에 입문하셨습니다. 그 덕에 어머니는 순천 매산 여학교에 들어갔습니다. 이후 어머니는 광주제중병원(현, 기독병원)의 간호훈련소에서 간호사 자격을 취득, 우리나라 1호 간호사가 되셨습니다.

간호사가 된 후로는 환자들을 돌보며 복음을 전하였습니다. 평생 결혼을 하지 않을 생각이셨습니다. 신학을 공부해 온 세계를 다니면서 어려운 사람들을 돕고 복음을 전하는 전도사의 길을 가겠노라 생각하고 있었습니다. 외할머니는 딸의 결정을 존중했습니다. 지금의 부모님에게도 쉽지 않을 일이었습니다.

그런데 하나님의 섭리로 아버지를 만나 결혼하게 되셨습니다. 아버지는 당시 일본 고베 신학교의 파송을 받아 중국에서 빈민 사역을 하기 위해 선교사로 떠날 준비를 하고 계셨습니다. 결혼한 첫날 밤 각자가 좋아하는 성경 말씀을 외웠는데, 아버지가 통곡하셨다는 얘기도 들었습니다. 독신으로 오직 주님의 복음을 전파하기 위해 신명을 바치기로 했는데 결혼을 했으니 예수님보다 아내를 더 사랑하지 못할 것 같아서 울었다고 했습니다.

두 분의 신혼은 짧았습니다. 결혼식을 올리고 사흘 뒤 아버지는 홀로 중국 산동으로 가셨습니다. 그곳에서 걸인과 길거리 청년들을 위한 선교 사업을 하였습니다. 어머니는 병원으로 가서 어려운 병자들을 위해 일하였습니다. 1945년 아버지가 돌아오시면서 두 분은 외진 곳이었던 땅끝마을 해남으로 내려가셨습니다. 그 땅에서 해남읍교회 사역뿐 아니라 지역사회의 어려운 사람들에게 필요한 여러 사업을 시작하였습니다.

6·25전쟁 직후 고아들과 거지, 정신병자들까지 쏟아졌던 암흑의 시대에 따뜻한 손길을 내밀었습니다. 그중 하나가 해남등대원이었습니다.

고아원 대신 등대원이란 이름을 쓴 것은 어머니의 생각이었습니다. '세상을 밝히는 등대가 돼라'라는 의미였습니다.

어머니는 아버지의 놀라운 사역에 그림자처럼 빛도 없이, 소리도 없이 오로지 깊은 기도와 침묵, 그리고 미소로 내조하였습니다. 아버지도 살아생전 입버릇처럼 "나의 목회 70%는 아내가 해준다"라고 말씀하였습니다.

밤의
목회자

　　어머니는 등대원 아이들과 당신 자식들에게 공평한 사랑을 베푸셨습니다. 아니 등대원 아이들에게 더 많은 사랑을 주셨습니다. '엄마의 사랑'을 받지 못하는 아이들이 안타까우셨던 것 같습니다. 1968년 어머니의 일기에도 아이들을 향한 애달픈 마음이 그대로 녹아있습니다.

> "나는 언제나 등대원 아이들이 걱정이다. 그들에게 무엇보다 인정이, 그리고 사랑이 결핍돼 있다. 병들고 무능한 엄마라도 아이들에게는 없어서는 안 될 사랑의 대상일 것이다."

어머니는 등대원 아이들에게 자긍심을 키워주기 위해 노력하였습니다. "너는 하나님의 뜻한 바에 의해 태어난 귀한 사람"이라는 말씀을 아이들에게 끊임없이 해주셨습니다.

아이들을 향한 사랑은 성인이 된 뒤에도 이어졌습니다. 6·25전쟁 때 황해도에서 홀로 피난을 내려온 10살 아이는 등대원에서 청년으로 성장해 군에 입대했지만, 상사들의 괴롭힘에 시달리다 탈영했습니다. 어머니는 청년이 심한 벌을 받을까 몹시 걱정되셨습니다. 1960년대는 탈영병들이 지금보다 훨씬 더 무겁게 처벌받던 시절이었습니다. 어머니는 솜을 바지 안에 넣어 엉덩받이를 만드셨습니다. 부대에 복귀하면 엉덩이에 매를 맞는다는 말씀을 들어서였습니다. 청년은 눈물을 흘리며 엉덩받이 선물을 받았고 부대로 복귀한 뒤 무사히 전역했습니다.

어머니의 사랑은 고아나 가난한 이들에게만 향한 게 아니었습니다. 해남은 소록도로 가는 길목에 있었습니다. 한센인들 사이에서 "이준묵 목사님 집에 가면 재워주고 먹을 것과 차비도 준다"라는 소문이 퍼졌습니다. 우리 집을 찾은 그들을 어머니는 거리낌 없이 씻겨주고 먹이고 재우셨습니다. 해남에 있는 양로원 '평화의 집'과 어린이집 '천진원'도 만드셨습니다.

가난한 시골 교회라 가족조차 먹고 입을 것이 풍족하지 않았는데도 사람들은 계속 몰려왔습니다. 평생 몸이 약하셨던 어머니가 당시 쓴 기도문을 보면 이 일들을 어떻게 받아들였는지 알 수 있습니다.

> "하나님께서 저 사람들을 저한테 손님으로 보내 주셨으면, 저 사람들을 돌볼 수 있는 건강과 물질도 저한테 허락해주세요. 하나님의 심부름을 더 잘할 수 있도록요."

어머니는 하나님께서 선한 일을 하려고 하실 때는 그 일을 할 사람을 선택한다고 생각하였습니다. 제 일을 하나님의 심부름이라고 생각하셨던 어머니는 그 심부름을 잘하게 해달라고 늘 기도를 하였습니다. 밤이면 동네를 거니시며, 산모나 병든 사람, 끼니를 거르는 사람들의 집 앞에 쌀이며 옷가지 등을 슬며시 놓고 돌아오셨습니다.

한번은 이런 일도 있었습니다. 누군가의 대문 앞에 봇짐을 두고 돌아서려는데 집안에서 앓는 소리가 들렸습니다. 문을 열고 들어가 보니 온 가족이 앓아누워 있었습니다. 간호사 출신인 어머니는 이들을 응급조치하고 돌보느라 시간 가는 줄 몰랐습니다. 돌아오는 길에 순찰하던 경찰에게 통행금지 위반으로 걸려 하룻밤을 경찰서에서 보내기도 했습니다. 사람들은 그런 어머니를 '밤의 목회자'라 불렀습니다.

조용한
내조

예배를 드릴 때면 어머니의 자리는 정해져 있었습니다. 가장 뒷자리에서 성도들의 어려움을 살피기 위해서였습니다.

1950~60년대 교회에는 나이든 할머니와 과부들이 상당수 있었습니다. 이들은 돈이 없어 추운 겨울에도 옷을 살 수 없었습니다. 연로하신 할머니들이 새벽기도와 수요 저녁 예배에 외투도 입지 못하고 추위에 떠는 모습을 볼 때면 어머니는 몹시 괴로워하였습니다.

그래서 너덧 시간이나 걸리는 광주 시장까지 나가 털실과 옷감을 구해와 스웨터도 짜고 외투를 직접 만들어서 이들에게 주셨습니다. 그렇게 한 벌, 두 벌 성도들에게 전해지니 모든 성도가 어머니가 손수 짓거나 사주신 옷을 입고 예배를 드리는 진풍경이 펼쳐지기도 했습니다.

어머니는 "내가 마련해 준 옷을 입고 예배당에 오신 분들을 보는 게 가장 즐겁다"라고 말씀하셨습니다. 이처럼 어머니는 사모로서 해남읍교회 성도들의 아픈 마음을 어루만지셨습니다.

아버지의 목회에서 어머니는 말없이 행동으로만 실천하는 조용한 내조자였습니다. 이런 일도 있었습니다. 장로님 한 분이 해남읍교회에 다니지 않겠다며 교회를 떠난 것이었습니다. 이 장로님은 6·25전쟁 때 북에서 내려와 해남에 정착해 교회에 출석했습니다. 간호사였던 어머니는 장로님이 폐병에 걸렸다는 걸 알고 약을 구해주고 간호하였습니다. 덕분에 건강을 되찾았으며, 아버지께서 구두수선을 가르쳐주셔서 장사를 시작해 경제적으로 자립했고 교회 일을 열심히 하였습니다.

그런데 동갑인 아버지와 친하게 지내시면서 문제가 생겼습니다. 당회에서 아버지의 제안을 자주 희화화하고 농담으로 넘기시면서 엇박자를 내곤 했습니다. 결국, 아버지가 이를 꾸짖었고 장로님은 이 교회 말고 다른 교회도 얼마든지 있다고 떠났습니다.

소식을 들은 어머니는 떡이며 과일 등을 이바지처럼 준비해 장로님 댁을 찾았습니다. 한 사람의 마음을 잃은 것은 천하를 잃은 것보다 더 큰 손해라는 신념이 있기에 주저하지 않으셨습니다. 장로님을 마주하자 어머니는 간곡히 호소했습니다. 폐병 든 자신을 살리겠다며 온갖 정성을 기울이셨던 어머니의 눈물과 호소에 어느 누가 마음이 흔들리지 않았을까요. 장로님도 어머니의 손을 붙잡고 크게 울며 아버지와 어머니에게 사과한 뒤 교회를 열심히 섬겼습니다. 훗날, 이 장로님은 어머니의 진정한 이해와 겸허한 마음, 사랑과 포용이 마음을 움직였다고 고백하였습니다.

어머니는 교육이 '미래의 투자'라 생각하시고 해남등대원 아이들이 한껏 공부할 수 있도록 지원했습니다. 첫 열매는 1954년 해남중학교에 입학한 네 명의 아이들이었습니다. 1년 전 해남등대원이 문을 열 때 들어온 이들에게 어머니는 "너희 첫 열매 넷은 등대원의 희망이라고. 아니, 하나님의 사랑받은 이 나라의 소망"이라고 했습니다. 어머니의 말씀을 들은 한 소년은 그날부터 설레는 마음으로 꿈속에 살면서 문자 그대로 '꿈꾸는 소년'으로 성장했다고 고백했습니다.

네 명의 아이들이 교과서 한 벌로 공부해야 했지만, 우등을 놓치지 않았다고 했습니다. 그리고 '꿈꾸는 소년'은 아프리카 케냐에서 선교센터를 세우고 에이즈와 한센병 환자들을 어루만지는 선교사가 됐고, '하나님 전상서' 편지로 널리 알려진 오영석 소년은 한국신학대학 총장이 되었습니다.

다른 지역으로 공부하러 떠난 해남 지역의 고학생들도 챙기셨습니다. 방학이면 해남을 찾는 고학생들을 어머니는 푸짐하게 대접했습니다.

1968년 2월 어머니의 일기에는 '섬김'이 주는 기쁨이 담겨 있습니다.

"하나님의 형상에 가까운 일이라면 하기 싫어도, 하기 어려워도 억지로라도 하면 사람의 마음을 얻게 된다. 그렇게 되면 하나님께서 할 일들을 더 제시해 주신다. 그리고 큰 기쁨을 주신다."

꽃사람

어머니는 90년 평생 '꽃사람'이 되고 싶으셨던 것 같습니다. 어머니가 젊은 시절 쓰신 일기 중에 이런 글이 눈에 들어옵니다.

"꽃을 보면 정말 많은 사람에게 기쁨과 평안을 주는데, 사람을 보면 그렇지 못한 것 같다. 나도 꽃 한 송이 같은 꽃사람이 되고 싶다. 식물꽃은 땅속 진액이 필요하다. 하지만 사람 꽃은 예수님께 접부침을 받아야만 된다."

어머니는 꽃처럼 사람들에게 기쁨과 평안을 주셨습니다.

교인들께 선물이 들어오거나 별미의 음식이 들어오면 식구들에게는 '눈으로만' 먹게 했고 어려운 사람들에게 보냈습니다. 자식으로서 때론 섭섭하기도 했습니다. 5남매인 우리는 왜 그렇게 하나도 남기지 않고 모두 주느냐고 불평 아닌 불평을 했습니다. 그럴 때면 어머니는 이렇게 말씀하셨습니다.

"사람은 못 먹어서 탈이 나는 게 아니고 많이 먹어서 탈이 나는 거야. 보는 거로 이미 배불렀다. 그리고 우리보다 더 필요한 사람에게 가는 것이 좋으니까 그러는 거야."

딸이 패션디자이너인데, 정작 어머니는 고운 옷을 입으신 적이 없습니다. 어머니는 6·25전쟁 때 남편과 자식을 잃은 여성들의 애달픈 마음에 함께하기 위해 평생을 무색 무명옷을 입고 지내신다고 했습니다.

한번은 어머니가 평소와 전혀 다른 옷감의 옷을 입고 서울에 오신 적이 있습니다. 무명옷만 입으시던 어머니의 달라진 모습에 기뻐하던 것도 잠시, 눈물이 왈칵 쏟아졌습니다. 바로 지난번 우리 집에 오셨을 때 지하실에 버리려고 놔뒀던 커튼 천을 가져가신 것이었습니다. 곰팡이가 피고 해진 천을 깨끗이 빨고 삶아 곱게 옷을 지어 입으셨습니다. 제가 마지막까지 본 어머니의 옷은 30~40년 되어 누덕누덕 덧대고 기운 한복 두 벌과 커튼으로 만든 옷 한 벌이 전부였습니다.

어머니의 삶 속에는 늘 기도가 있었습니다. 단 하루도 빠지지 않고 새벽 기도를 나가셨던 아버지 옆에 늘 어머니가 함께했습니다.

어머니는 "기도는 호흡과 같다. 마치 영이 숨 쉬는 밥과도 같다"라고 일기장에 적기도 했습니다. 자식들에겐 삶의 이정표를 세워주시기 위해 말씀을 나누시곤 했습니다. 질문을 던지고 답을 찾는 과정에서 스스로 삶의 지혜를 깨닫도록 유도했습니다.

어머니가 이런 질문도 하셨습니다. "사람은 사람을 먹고 산다. 사람은 먹을 것이 없어도 살지만, 먹을 사람이 없으면 죽는다. 너는 사람에게 먹혀 봤느냐?" '사람은 누군가의 사랑과 배려를 먹고 산다는 뜻'을 담고 있는 말씀에 과연 나는 누구에게 얼마나 먹혀 봤을까? 끊이지 않는 물음이 이어졌습니다.

한번은 저에게 어려운 일이 생겨, 장거리 전화로 하소연을 했더니 "오늘도 참아 봤느냐?"라는 말씀만 답변으로 돌아옵니다. 더 여쭤봐도 "그냥…, 참아봐라…." 그게 전부였습니다. 나중에 나이를 먹고서야 그것이 어머니의 각고의 경험에서 나온 말씀임을 알았습니다. 그리고 인내하며 주신 대로 받고 감사하며 살라는 어머니의 말씀들은 제 삶의 기준이 되셨습니다.

모든 게
마음에 달렸거늘

"하나의 마음을 잃는 건 온 우주를 잃는 것이다."
"사람의 마음은 눈에 보이지 않지만 온 우주보다 크단다."
"사람은 사람 마음을 먹고 산다. 음식은 나중에 먹어도 돼."
제가 어릴 때부터, 항상 마음을 강조하셨던 어머니의 말씀입니다.

'마음이란 무엇일까'라는 물음만 떠올려도 눈물 날 정도로 먹먹해지곤
합니다. 이게 뭐라고…. 인간의 모든 고통과 기쁨이 마음먹기에 달렸다
는 것을, 1밀리미터만 마음을 바꿔도 불행이 행복으로, 지옥이 천국으
로 바뀔 수 있다는 것을 알면서도 여전히 마음은 그 무엇인가에 짓눌리
거나 집착하고 불행에 몸서리치며 지옥을 헤맵니다.

도대체 왜 그런 건지 마음의 본질을 알고 싶습니다. 물론 대가를 치르
지 않고서는 단 한 가지도 얻을 수 없을 것입니다. 제가 추구하는 평온
한 마음과 흔들리듯 흔들리지 않는 고요함을 가지기 위해서는 얼마나
긴 세월을 치열하게 마음 탐구를 해야 할지 아득하기만 합니다.

어떤 생각을 하며
사셨을까

　　　50년이란 세월이 지난 다음에야 어머니에 대해 알고 싶은 마음이 들고 조금씩이나마 알아가고 있습니다.
어머니는 뭘 좋아하셨지? 어떤 생각을 하며 사셨을까?

참으로 어이없게도 우리는 가장 잘 이해하고 사랑해야 할 상대방에 대해 무지합니다. 공기처럼 보이지 않게 우리 주위에 머물러 있는 소중한 사람들, 가족들에 대해 가깝다는 이유로 알기를 미루고 그저 무심하게 세월만 보냅니다. 아니 굳이 알아야 할 필요성을 느끼지 않는지도 모릅니다. 필요할 때는 언제든 손 내밀면 되니까요.
돌아서면 금방 잊어버리고 말 것, 아무 쓸모도 없는 것들에 대해서는 알고 싶어 조바심치면서 정작 내가 사랑하는 사람들에 대해선 아는 게 별로 없는 것 같아요.

어머니 살아 계실 때 제가 더 일찍 어머니의 생각이나 꿈을 이해하려고 관심을 기울였다면 어머니께서 많이 기뻐하셨을 것 같아요. 이제라도 엄마의 꿈을 이루기 위해 노력한다면 건조한 저의 삶이 훨씬 더 풍요로 워질 테니, 무엇보다 저 자신을 위한 일이기도 합니다.

단 하루도 내려놓을 수 없었던 그 무거운 짐도, 가시밭길 같던 인생도 기쁘게 받아들이시고, 하나님이 세상에 보내준 뜻을 이루기 위해, 사람으로서 해야 할 도리를 다하기 위해 치열하게 살아내셨던 어머니. 그 시절 광인, 한센인, 행려병자, 고아 등 갈 곳 없고 세상에서 내쳐진 사람들을 하나님이 어머니에게 보내주신 손님들로 생각하시고 모두 받아들인 어머니. 하나님이 저이들을 제게 보내셨다면, 그들을 보살필 수 있는 물질적 축복도 같이 보내 달라고 기도하시던 어머니.

지금이라도 어머니가 강조하신 말 한마디 한마디, 작은 행동 하나라도 실천에 옮길 수 있도록 진지하고 치열하게 노력해보렵니다. 어머니의 뜻에 가까워지도록. 어머니의 꿈을 이룰 수 있도록 말이에요.

너는 지금
어느 선에 서 있느냐

90세가 다 되신 어머니에게 이런 질문을 했습니다.

"엄마, 요즘 무슨 생각을 하면서 사세요?"

그랬더니 잠시 침묵하던 어머니가 빙긋이 웃으며 말씀하셨어요.

"너는 지금 어느 선에 서 있느냐, 하고 나 자신에게 물어보지."

어머니가 말씀을 이으셨습니다.

"하나님, 나를 왜 이렇게 오래 세상에 두시오? 하고 하나님에게 여쭤보기도 한단다. 그러면 하나님이 이렇게 대답하시지. 네가 모자라서 그렇다."

90세가 되셔서도 당신이 어느 선에 서 있는지 고민하시는 그 치열함에 저는 할 말을 잃었습니다.

어머니는 평생을 봉사와 희생으로 사셨어요. 사실 이런 표현이 마음에 들지 않지만, 어머니를 표현할 그 이상의 단어가 딱히 떠오르지 않아서 안타까울 뿐이지요.

어머니는 자신의 존재를 철저히 감추면서 늘 어려운 사람들을 위해서

만 살아오신 분이셨거든요. 그 누구도 흉내 낼 수 없고 상상할 수조차 없는 존경스러운 삶을 충실히 사셨다고 생각했는데, 어머니는 아직도 삶에 대해, 매 순간의 선택에 대해 갈등하고 고민하셨던 거예요. 어머니는 항상 이렇게 말씀하셨어요.

"하나님은 자유를 주셔서 우리 인간에게 선택하게 하셨다. 그래서 우리는 늘 어느 편에 서서 어떤 선택을 하느냐를 결정해야 한다. 그게 하나님을 따르는 삶이다."

저는 지금 어느 선에 서 있을까요.
하나님은커녕 일상에서도 허둥지둥 갈팡질팡하는 모습에 오금이 저릴 정도로 불안합니다. 오늘만이라도 올바른 선택을 하는, 아니 하려고 노력이라도 하는 하루가 되길 기도할 뿐입니다.

내일이
웬수다

어머니께서 여러 번 "내일이 웬수다"라고 말씀하시곤 했던 걸 기억해요. 해야 할 일을 미루고 싶어 하는 저를 보고 어머니가 이렇게 말씀하시곤 했지요.

지금도 미루고 싶고 피하고 싶은 일이 생기면, 어머니 말씀을 떠올리며 혼자 웃곤 합니다. 어머니가 평생 쓰신 일기 한 귀퉁이에 이런 문장이 있어요.

> "절대자 앞에 인간이 무력하듯 인간은 시간 앞에서도 무력하다. 어쩌면 시간은 절대자와 함께 있는지 모른다."

저는 신이 인간 모두에게 공평하게 나눠주신 선물이 '시간'과 '사랑할 수 있는 마음'이라고 생각해요. 주어진 시간 안에서 얼마나 사랑을 실천하고 사는지는 우리에게 맡겨진 숙제 같은 거죠.

지난 세월을 돌아보니 시간은 그저 무심히 흘러가 버린 것이 아니었어요. 어떻게 사용했는지, 무엇을 위해 살았는지에 따라서 매일매일 어떤 결과물을 제게 남겼습니다. 제가 어떤 행동을 했느냐에 따라 어느 땐 만족스럽기도 했고, 또 어느 땐 후회스럽기도 했어요.

저는 요즘, 사랑을 실천하는 데도 마감일이 있다고 생각하면 좋을 것 같다는 생각이 들곤 해요. 내일을 '웬수'로 만들지 않기 위해서요. 마감일마다 실천의 결과물이 생기고 그것이 차곡차곡 쌓이면 하늘에 계신 어머니께서 저를 칭찬하실까요?

"선한 일이라 생각되면 내일로 미루지 말라"시던 어머니. 그 선한 일을 모두 마치고자 하루를 25시간처럼 사셨던 어머니. 평생 사랑을 실천해 오신 어머니. 오늘은 어머니가 일기에 남기신 시간에 대한 말씀을 생각해 봅니다.

> "인간이 절대자를 믿고 순종해야 구원을 얻을 수 있듯이, 인간은 시간을 붙
> 잡고 부지런히 따라가야 희생이 적다. 이제까지 지구 위에 빛을 남긴 사람
> 들은 절대자와 통하는 마음으로 시간 속에서 부지런한 사람들이었다."

혼을 박아서
일해라

옷을 만드는 일을 시작한 지 이제 40년이 넘었습니다.

제가 옷 만드는 일을 하고 있다고 어머니에게 처음 말씀드렸을 때 어머니가 제게 당부하셨던 말씀을 지금도 또렷이 기억해요.
"무슨 일을 하든 혼을 박아서 해라."

어머니는 무슨 일이든 해야 할 일이 생기면 당신의 형편과 상관없이 혼신의 힘을 다하셨잖아요. 손님을 대접하실 때, 잠자리를 보살피실 때, 음식을 준비하실 때, 떡을 만드실 때, 어느 순간에나 그러셨죠. 우리 집에 종종 놀러 오셨던 함석헌 선생님도 어머니의 음식을 '참음식'이라 하셨거니와, 해남집을 다녀가신 어른들은 모두 감동하셨어요.

혼을 박아서 일한다는 건, 무슨 일이든 온 맘을 다해 집중하고 정성을 다해 일하는 것이라 여기고 있습니다. 그래서 옷을 만들 때도, 고객을 대할 때도, 그 모든 일을 대할 때 정성을 다하는 습관을 기르려 애썼습니다. 우리 회사의 정신을 '정성'으로 정하고, 어떻게 할 때 고객들이 그 정성을 느낄 수 있을까 많이 고민했습니다.

'이광희'란 브랜드가 일류로 평가받게 된 데는 그런 마음이 통한 게 아닐까 싶습니다.

네가
장한 사람이다

어머니는 보는 사람마다, 만나는 사람마다 "장하다. 네가 장한 사람이다." "참 장한 일을 했구나." 하고 칭찬하셨어요. 이제 고백하는 건데, 저보다 못나 보이는 사람들한테도 자꾸 장하다 칭찬하시니 어린 마음에 은근히 샘이 나기도 했어요.

그래요. 세상이 눈길조차 주지 않는 사람들, 손가락질받는 사람들, 심지어 어머니에게 해를 입힌 사람에게도 장하다고 격려하고 칭찬해주셨어요. 그런 어머니 말씀이 예전에는 이해되지 않았어요.
세월이 흘러 저도 숱한 일들을 겪고, 나이 들어서야 깨달았어요.

어머니는 이 세상에 나온 모든 창조물은 하나님의 뜻으로 창조된 생명
이고, 저마다 주어진 삶을 치열하고 고단하게 살아내고 있는 존재들로
본 것이고, 그들의 사기를 북돋아 주는 최고의 표현을 하고 싶으셨던 거
구나 싶어요.

어머니, 제 생각이 맞나요?

안 좋은 것은
못 본 듯이

어머니는 당신을 해코지한 사람이나 배은망덕한 사람에게도 호의를 베푸셨습니다. 제가 "어떻게 그러실 수가 있어요?"라고 물었을 때 어머니가 대답하신 말씀이 기억납니다.

"그 사람이 그런 거냐? 처한 환경이 그렇게 만든 거지. 인간은 다 그런 거다. 잘하나 못하나 그래서 짠하다. 그러니 너도 사람을 그렇게 봐라."

상대가 잘못하는 게 그의 천성이 나빠서가 아니고 그가 살아온 환경 때문이니 그저 안쓰럽게 보고, 설사 손해를 입힌 사람일지라도 잘 대해주라고 타이르시던 어머니. 그래서 늘 잘못한 사람을 다독이셨고 그 사람을 나쁘게 말씀하시는 법 없이 감싸주시곤 했습니다.

어머니는 또 이렇게 말씀하셨어요.

"좋은 것은 더 좋게 보고, 잘못은 못 본 척하고, 안 좋은 일은 못 본 듯이 눈 감아주고, 괜찮은 점은 더 괜찮은 듯이, 잘한 것은 더 잘한 듯이 보아라."

오늘도 청개구리처럼 반대로만 생각하는 제 마음을 어머니 가르침대로
다스려보지만, 실천이 쉽지만은 않네요.
어머니는 어떻게 그러실 수 있었어요?

주신 대로
받아라

내가 힘들어 하소연이라도 할라치면 어머니께선 그 이유를 묻지 않고 이런 말씀을 해주셨어요.
"주신 대로 받아라.
힘든 것을 얼굴에 쓰고 다니면 안 된다."

주어진 일을 기꺼이 받아들여야 하고, 불편한 기색을 표정에 드러나게 해서는 안 된다는 말씀이셨죠. 아무리 어렵고 힘든 일이라도 제 앞에 주신 것은 모두 감당할 수 있기에 주신 거라고, 무슨 일이든 저를 힘들고 혼란스럽게 만드는 일들은 그것의 의미를 어떻게 해석하고 받아들이느냐에 따라 가치가 달라진다고 말씀하시기도 했습니다.

주신대로 나름 잘 받아 살아왔다고 생각했는데 이즈음 다시 깨달은 게 있습니다. 그저 받아들이는 것만으로는 부족하고, 감사함으로 기쁘게 받아들이는 마음이 있어야 한다는 것을요. 주신 것을 기쁜 마음으로 감사하게 받아들이는 것은 삶에 대한 가장 긍정적이고 겸손한 자세이며,

매일매일 나에게 일어나는 일에서 자연의 섭리를 발견하는 일이라는 생각이 듭니다.

고백하자면 저는 주어진 일을 최대한 받아들이려고 했지만, 종종 부정적인 마음을 느끼곤 했어요. 고통스러워하거나, 슬퍼하거나, 의심하거나, 할 만큼 했다고 자만하거나, 상대를 불만스러워하고 못마땅해하기도 했습니다.

주신 대로 받으라고 했던 어머니의 말씀에는 분명 기쁜 마음으로 받아들이고 감사할 수 있어야 한다는 의미가 담겨 있었음을 이제야 깨닫습니다. 그렇게 티끌 없는 마음으로 받아들여야 제가 진정으로 기뻐할 수 있고, 궁극적인 마음의 평화가 찾아올 수 있다는 것을 저는 이 나이가 되어서야 알게 됐습니다.

그 사실을 깨달은 이 아침에 감사드립니다.

바꾸려 하기보다
도와드리기

제 머릿속에서 가시 돋친 고슴도치 한 마리가 날뛰는 것 같을 때가 있습니다. 이렇게 고통스러운 두통이 반복되기 시작했던 건 사업을 한답시고 디자인과 매출에 대한 고민이 일상이 되면서부터였어요.

어머니도 항상 뇌신(腦新, 진통제의 일종)을 한 손에 들고 사셨던 기억이 납니다. 어느 세상에 고통받지 않는 영혼이 있을까요? 이 하늘 아래에 서라면 저마다 겪고 있는 자신의 고통이 가장 크다 하겠지요.

사람들의 고통스러운 마음을 늘 안쓰러워하셨던 어머니,
당신에게 당신의 몸은 안중에도 없었던 거 같아요. 당신 몸이 녹아내리는 건 보지 않고 남의 상처만 감싸주시느라 전전긍긍하신 어머니.

그 모습을 지켜보던 철없는 저는 가슴 속에서 솟구치는 아리고 쓰린 감정을 견딜 수 없을 때가 많았습니다.

그러다 어느 날 결심했죠. 속수무책으로 안타까워하기만 할 일이 아니라 이해하고 받아들여야 한다는 것, 어머니가 하시고자 하는 일을 말리기만 할 게 아니라 오히려 마음 편하게 더 잘하실 수 있도록 도와드리는 것이 좋겠다고요.
어머니에게도 제게도 꽤 좋은 생각이었죠.

한 사람이
우주다

어머니 돌아가시고 장례식장에서 있었던 일이에요. 어릴 때부터 어머니와 인연을 맺었던 분들이 나이 들어 모여서 어머니 살아계실 때를 추억하셨어요. 그분들이 저마다 이렇게 말씀하시는 거예요.

"야야, 나는 우리 사모님이 나만 예뻐해 주신 줄 알았다."
자신만 유독 어머니의 보살핌과 사랑을 받은 줄 알았는데 너도나도 예외 없이 그런 경험을 했다는 사실을 알고 다들 놀라신 거예요. 어머니는 그렇게 각 사람에게 각별함을 심어주신 분이에요.

어머니는 자주 이렇게 말씀하셨지요.
"한 사람의 마음을 잃는 건 온 우주를 잃는 거다." 그래서였나 봐요. 어머니는 사람의 마음을 달래주는 데 온 정성을 기울이셨어요.
사랑하는 사람들에게만 그렇게 하신 게 아니었어요. 어머니께 배신과 고통을 안겨준 사람까지 불쌍히 여기고 다독이셨어요. 앞에서도 얘기

했듯이, 아버지 말씀을 어기고 욕하고 떠난 장로님을 어머니가 이바지 음식처럼 챙겨 고향까지 가서 그분을 다시 모셔왔어요. 어머니가 그분을 어떻게 다독이셨는지 그분이 오셔서 사모님께 감동했다며 눈물로 사죄하셨지요.

"왜 한 사람을 잃는 게 온 우주를 잃는 건가요?" 이렇게 물으니 어머니가 빙긋이 웃으며 말씀하셨지요.
"한 사람이 온 우주니 그렇지. 그러니 한 사람 한 사람이 다 귀한 거다."

어머니는 정말 누구에게도 없는 넓은 가슴을 가진 분이셨어요. 어머니의 넓고 깊은 가슴을 배우고 닮고 싶습니다.

바람을 닮은
어머니

밤새 비바람과 폭풍 소리에 잠을 설쳤습니다. 오늘 그 바람 속에서 어머니가 보고 싶어졌어요.

지난했던 긴 세월 어떠셨냐고 어머니에게 물었을 때, 일평생 바람을 잡으러 다닌 것 같다고 하셨어요. 허공을 휘저어 바람을 잡으려고 했지만, 그저 스쳐 지나가기만 하더라…, 그렇게 말씀하시는 어머니의 시선이 먼 곳을 바라보고 계셨어요.

어머니는 그렇게 바람결에 가셨지요. 어머니 돌아가시고 나서 산티아고에서 만난 바람은 그렇게 허망하지는 않았어요. 저는 바람이 불면 그 안에 어머니가 계시는 것 같거든요.

〈바람을 길들인 풍차소년〉이란 영화에서 "신은 바람과 같아서 모든 것을 만져 주신다"는 대사가 가슴에 와닿았습니다.
이제는 감히 제가 어머니께 말씀드리고 싶어요. 어머니가 평생 잡지 못했다고 느끼셨던 그 바람은 허망한 게 아니었어요. 바람이 지나간 자리마다 뚜렷한 흔적을 만들어내면서 눈에 보이는 결과물이 쌓이더라고요. 꽃을 피우는 바람, 뺨을 간질이는 바람, 땀을 씻어내는 바람, 열매를 맺게 해주는 바람, 그리고 나무와 꽃들은 모진 겨울바람을 버텨내며 새싹을 틔울 준비를 하겠지요.

때로는 나무가 뿌리째 뽑히는 무서운 바람도 있더라고요. 저는 거세게 몰아치는 바람을 보면, 저 바람 속에서 제가 견디고 이겨내야 하는 게 뭘까 생각하게 된답니다. 그 바람을 잠잠하게 만들 수 있는 건 또 뭘까. 평생 그런 생각을 하며 살았던 것 같아요. 결국, 바람이 저를 강하게 만들어 주었지요.

어머니, 그러니 바람은 잡을 수는 없어도 허망한 긴 절대 아니에요.

너를
세상에 내보내실 때

어머님이 늘 말씀하셨죠. 하나님은 당신이 하시고자 하는 일을 사람을 통해서 하신다고요.

"하나님께서 너를 이 세상에 내보내실 때는 너, 이광희라는 사람을 통해 이루시고 싶은 것이 있었기 때문이야. 그걸 이루는 데 필요한 모든 것을 이미 너에게 주셨단다. 그러니 이미 주신 모든 것에 감사하고, 네게 없는 것들에 대해 겸손할 줄 알아야 한다."

다른 사람이 가진 재능이나 부와 비교하면서 불평하지 않고, 부족한 것에 대해 겸손하게 받아들이는 마음…. 그런데 인간의 욕심이 참 한도 끝도 없는 것 같아요. 저에게 넘치게 주신 것에 감사한다고 하면서도 저는 오늘도 부족한 능력과 지혜를 아쉬워하고 있네요.

돌아가시기
사흘 전

돌아가시기 사흘 전, 어머니가 제게 말씀하셨던 걸 지금도 생생히 기억합니다.

"광희야.
참는 게 성공의 근본이다. 참으면 성공한다.
Very good!
Thank you….."

환하게 웃으시며 하셨던 말씀, 가슴에 평생 담고 살게요.

엄마라고
불러봅니다

지금쯤 지옥에서도 바쁘실 엄마께.

작은 오빠는 엄마가 돌아가시면 지옥에 가실 거라고 했어요. 지옥에 가야 돌봐야 할 사람이 많을 거니까요.

보고 싶고 수다 떨고 싶은 엄마,
다 늦은 이제야 스스럼없이 엄마라고 불러봅니다. 엄마하고 대화 한 번 제대로 못 하고 흘려보낸 긴 세월이 야속하기만 해요. 생전 겪지 않을 것 같은 갱년기로 모든 일에 짜증과 울화만 치밀 때, 패션사업을 꾸려가는 것도 힘들어 일을 그만두어야 하나 고민을 하다가 문득 이런 생각이 들었어요.

엄마는 도대체 무슨 생각을 하며 사셨길래, 어렵고 힘든 길을 그토록 말없이 꿋꿋이 가셨던 걸까? 지금쯤 내게 무슨 말씀을 해주시고 싶을까? 궁금해서 엄마에게 말을 걸었는데, 그때는 엄마가 청력을 거의 잃어버리신 때였어요.

얼마나 놀랐던지, 얼마나 안타까웠던지, 저 자신을 얼마나 책망했는지 몰라요. 엄마를 병원에 모시고 갔더니 한쪽 귀가 이미 청력을 완전히 상실한 상태였죠. 한쪽 귀가 안 들리는 채로 어떻게 사셨는지 재차 물었더니, 엄마가 겨우 말씀해 주셨어요.

"결혼한 지 얼마 안 돼서부터 중이염을 앓아서 귀가 많이 아팠어. 가족들이 걱정할까 봐 숨기고 참았던 게 조금씩 악화되어 결국 청력을 잃게 됐지. 이제는 남은 귀도 잘 들리지 않게 됐단다."

이제야 엄마를 이해하고 많은 이야기를 나누고 싶어졌는데, 엄마는 저의 질문을 들으실 수 없게 된 거였어요. 왜? 대체 왜 엄마에게 그런 일이 생긴 걸까? 왜 엄마가 그런 일을 겪으셔야 하는 걸까? 그 물음이 끊임없이 제 머릿속에서 반복됐어요.

그러다 문득 엄마가 평소에 하시던 말씀이 떠올랐어요.
"주시는 데는 다 이유가 있다"라는 말씀이요.

그래서 엄마가 상처받을 만한 말을 그만 듣게 하시려고 엄마의 청력을 거두어가셨나 보다. 세상에는 듣지 않아도 될 얘기들이 너무 많으니까 하나님이 엄마를 보호하기 위해서 그러신 거다…. 그렇게 저를 위로했어요. 약하게나마 청력이 남은 한쪽 귀가 있음에 감사하면서요.

하늘나라에 계신 엄마,
이제야 제 말문이 터지기 시작한 거 같습니다. 입 열기가 그렇게나 어려웠는데, 지금부터는 이 소리 저 소리 이 생각 저 생각 변변치 않지만, 엄마께 야단맞을 각오하며 털어놓으려 합니다. 제가 기억하는 엄마의 말씀이 맞는 건지, 제대로 이해하고 있는 건지, 제대로 살고 있는지 이야기해보려고 합니다. 하늘나라에서도 제 이야기 들으실 수 있는 거죠?

엄마, 오늘은 여기까지만 할게요. 다음에 또 남은 긴긴 편지 드릴게요.

늦게야 말문이 터진 둘째 딸

엄마의
답장

괜찮아.

말 안 해도 다 알아.

위선 없이 하나님 모시고 멋지게 살아.

그럼 아무 염려 없단다.

어머니는 이렇게 답장하실 거예요.